KB164574

영혼을 위한 닭고기 수프

영혼을 위한 닭고기 수프

1

따뜻함이 필요한 날

잭 캔필드 · 마크 빅터 한센
류시화 옮김

푸른숲

한 번에 한 모금씩 천천히

삶에서 일어난 생동감 넘치는 일화를 글로 옮겨 적기란 쉽지 않은 일이다. 여기에 우리가 모은 이야기는 원래의 감동과 의미를 최대한 살리기 위해 적어도 다섯 번 이상 고쳐 쓴 것들이다. 이 책을 읽을 때는 처음부터 끝까지 서둘러 한 번에 읽어버리지 않기를 바란다.

여기 이 '영혼을 위한 닭고기 수프'는 우리 두 사람의 40년에 걸친 경험을 바탕으로 선보이는 최상의 요리이다. 따라서 당신의 존재 깊은 곳까지 스며들도록 천천히 음미하라고 주방장인 우리는 권유한다. 또한 이 수프는 영양가가 많다. 샐러드나 빵을 곁들이진 않았지만, 수프 그 자체만으로도 당신의 마음을 열고 인생의 기운을 되찾게 하는 힘을 지니고 있다.

우리가 제목으로 정한 닭고기 수프는 미국에서 예로부터 전해 오는 민간요법의 하나로, 몸살감기에 걸렸을 때 할머니나 엄마가 끓여주는 전통 음식이다. 제목에서 느껴지듯이 우리는 이 책이 삶에 지쳐 기운과 용기가 필요한 당신에게 충분한 치유제가 되리라고 믿는다.

우리는 이 수프 속에 유명한 사람이나 평범한 사람이 실제 겪은 이야기를 사랑과 배움, 꿈의 실현, 가르침, 부모 노릇 하기 등의 재료로 나눠 놓았다. 삶의 주변에서 일어나는 아름다운 이야기, 눈물이 쏟아지게 만드는 감동적인 이야기, 지혜가 담긴 일화 등을 우리 두 주방장은 주된 요리 재료로 삼았다.

이 책은 한 번에 다 읽을 수도 있다. 하지만 우리는 그것을 권하지 않는다. 시간을 갖고, 좋은 술처럼 한 번에 한 모금씩 천천히 음미하기 바란다. 그러면 당신은 따뜻한 열기를 느끼고, 마음과 영혼은 오래전에 잃었던 생기를 되찾을 것이다.

이 책에 실린 대부분의 이야기는, 원작자를 찾아가 그들 목소리로 다시 써달라고 부탁한 것이다. 많은 이야기들이 그들 자신의 목소리이며, 우리 둘의 목소리는 되도록 섞지 않았다. 따라서 하나하나의 이야기가 주는 감동은 오직 애초에 이를 경험한 글쓴이에게서 나온 것이지 편집과 각색에 의한 것이 아님을 밝힌다.

우리가 만든 이 특별한 수프는 미국뿐 아니라 전 세계 28개국 서점에서 베스트셀러 1위에 올랐다. 또한 〈뉴욕타임스〉 190주 연속 베스트셀러에 오른 최고의 화제작이기도 하다. 흥미 넘치는 스릴러물이나 애정 소설도 아닌 '영혼을 위한 요리책'이 이만큼 화제를 끄는 이유는 아직 인간의 가슴 속에 희망과 감동과 눈물이 남아 있기 때문이라고 우리 두 사람은 풀이한다.

이제 당신의 식탁 위에, 또는 잠자리 옆에 우리가 만든 《영혼을 위한 닭고기 수프》를 차려놓는다. 이 수프는 당신이 잠이 올 때 잠을 달아나게 하고, 잠이 들더라도 편안하고 평화롭게 자도록 도와줄 것이다. 우리가 이 수프를 만들 때와 마찬가지로 당신 역시 즐겁게 한 스푼씩 음미하길 바란다.

잭 캔필드 · 마크 빅터 한센

차
례

사랑의 힘

지금 그대로의 나

삶이라는 배움터

영원한 나의 편

인생을 다시 산다면

다음번에는 더 많은 실수를 저지르리라.

긴장을 풀고 몸을 부드럽게 하리라.

이번 인생보다 좀 더 우둔해지리라.

가능한 한 매사를 심각하게 생각하지 않을 것이며

보다 많은 기회를 붙잡으리라.

여행을 더 많이 다니고 석양을 더 자주 구경하리라.

산에도 더욱 자주 가고 강물에서 수영도 많이 하리라.

아이스크림은 많이 먹되 콩요리는 덜 먹으리라.

실제 고통은 많이 겪을 것이나

상상 속의 고통은 가능한 한 피하리라.

보라, 나는 매 시간을, 하루하루를

의미 있고 분별 있게 살아가는 사람의 일원이 되리라.

아, 나는 많은 순간들을 맞았으나 인생을 다시 시작한다면 그러한 순간들을 더 많이 가지리라.
사실은 그러한 순간들 외에 다른 의미 없는
시간들을 갖지 않도록 애쓰리라.
오랜 세월을 앞에 두고 하루하루를 살아가는 대신
이 순간만을 맞으면서 살아가리라.

나는 지금까지 체온계와 보온병, 우비, 우산 없이는
어느 곳에도 갈 수 없는 무리 중의 하나였다.
이제 인생을 다시 살 수 있다면 이보다
장비를 간편하게 갖추고 여행길에 나서리라.

내가 인생을 다시 시작한다면
초봄부터 신발을 벗어던지고
늦가을까지 맨발로 지내리라.
춤추는 장소에도 자주 나가리라.
회전목마도 자주 타리라.
데이지 꽃도 많이 꺾으리라.

네이딘 스테어(85세 노인)

사랑의 힘

바람과 물의 힘,

중력의 힘을 이용한 다음에

언젠가는 우리가 사랑의 힘을 이용할 날이 올 것이다.

그날은 우리 인류 역사에서

두 번째로 불을 발명한 날이 될 것이다.

테야르 드 샤르뎅

간단한 일

당신이 가는 곳마다 사랑을 퍼뜨리세요. 먼저 자기 집에서 그 일을
실천하세요. 당신의 자녀를, 아내와 남편을 사랑하세요. 그다음엔
옆집에 사는 이웃을 사랑하세요……. 어떤 사람이든 당신을 만나
고 나면 더 나아지고 더 행복해지게 하세요. 신의 사랑을 표현하는
삶을 사세요. 당신의 얼굴에, 당신의 눈에, 당신의 미소 속에, 그리
고 당신의 따뜻한 말 한마디 속에 신의 사랑을 표현하세요.

마더 테레사

어느 사회학과 교수가 자기 강의를 듣는 학생들에게 과제를
주었다. 과제 내용은 볼티모어의 빈민가로 가서 그곳에 사는 청

소년 2백 명의 생활환경을 조사하는 일이었다. 조사를 마친 뒤 학생들은 각 청소년들이 미래에 어떻게 성장할지를 내다보는 보고서를 써냈는데 내용은 모두 같았다.

"이 아이에겐 미래가 없다. 아무런 기회도 주어지지 않기 때문이다."

그로부터 25년 뒤, 또 다른 사회학과 교수가 우연히 이 연구 조사를 접하게 되었다. 그는 학생들에게 청소년 2백 명이 25년이 지난 현재 어떤 삶을 사는지 추적 조사하라는 과제를 주었다. 조사 결과 놀라운 사실이 밝혀졌다. 이미 세상을 떠나거나 다른 지역으로 이사한 20명을 제외한 나머지 180명 중에서 176명이 변호사와 의사, 사업가로 활동하며 대단히 성공적인 인생을 살아가고 있었다. 결과에 놀란 교수는 조사를 더 진행시켰다. 다행히 그들은 모두 여전히 볼티모어에 살고 있었다. 교수는 한 사람씩 만나 이렇게 물어보았다.

"당신이 성공할 수 있었던 가장 큰 이유가 무엇입니까?"

대답은 한결같았다.

"여선생님 한 분이 계셨지요."

교사가 아직도 살아 있다는 사실을 안 교수는 수소문 끝에 그녀를 찾아가서 물었다. 도대체 어떤 기적적인 교육 방법으로 빈민가 청소년들을 이처럼 성공적인 인생으로 이끌었는가? 나이가 들어도 여전히 빛나는 눈을 간직한 교사는 온화한 미소를 지었다. 그러고는 이렇게 말했다.

"그것은 정말 간단한 일이었지요. 나는 그 아이들을 사랑했답니다."

에릭 버터워스

진실한 사랑

유명한 독일 작곡가 펠릭스 멘델스존의 할아버지 모제스 멘델스존은 잘생긴 것과는 거리가 멀었다. 체구도 작은 데다 기이한 모습의 꼽추였다.

어느 날 모제스 멘델스존은 함부르크에 있는 한 상인의 집을 방문했다가 집주인의 아름다운 딸 프롬체를 보고 첫눈에 반해 사랑에 빠졌다. 하지만 보기 흉한 그의 외모 때문에 프롬체는 그에게 눈길조차 주지 않았다.

집으로 돌아갈 시간이 다가오자 모제스 멘델스존은 계단을 올라가 용기를 내어 프롬체의 방으로 들어갔다. 그녀와 대화를 나눌 수 있는 마지막 기회였다. 그녀는 천상의 아름다움을 지닌 여인이었다. 그는 그녀가 눈길 한번 주지 않자 깊은 슬픔을 느꼈다.

몇 차례 말을 걸었지만 프룸체는 대꾸조차 하지 않았다. 마침내 모제스 멘델스존은 부끄러워하며 물었다.

"당신은 배우자를 하늘이 정해준다는 말을 믿나요?"

프룸체는 여전히 창밖으로 고개를 돌린 채 차갑게 대답했다.

"그래요. 그러는 당신도 그 말을 믿나요?"

모제스 멘델스존이 말했다.

"그렇습니다. 한 남자가 이 세상에 태어나는 순간, 신은 앞으로 신부가 될 여자를 정해주지요. 내가 태어날 때에도 신이 내게 미래의 신붓감을 정해주었습니다. 신은 이렇게 덧붙였습니다. '네 아내는 곱사등이일 것이다.' 나는 놀라서 신에게 소리쳤습니다. '안 됩니다, 신이여! 여인이 곱사등이가 되는 것은 비극입니다. 차라리 나를 꼽추로 만드시고 신부에게는 아름다움을 주십시오.' 그렇게 해서 나는 곱사등이로 태어나게 되었습니다."

순간, 프룸체는 고개를 돌려 모제스 멘델스존의 눈을 바라보았다. 그 순수한 눈빛을 보니 어떤 희미한 기억이 떠오르는 듯했다. 프룸체는 그에게 다가가 가만히 손을 잡았다. 훗날 그녀는 모제스 멘델스존의 헌신적인 아내가 되었다.

베리 비셸 · 조이스 비셸

내가 기억하는 모든 것

아버지는 나에게 말씀하실 때마다 늘 이런 이야기로 시작하셨다.

"내가 널 얼마나 자랑스러워하는지 오늘 말했니?"

아버지는 늘 잊지 않고 이렇게 사랑을 표현하셨다. 아버지의 인생이 눈에 띄게 황혼빛으로 물들어갈 무렵 우리 두 사람은 더욱 가까운 사이가 되었다.

82세가 되었을 때 아버지는 떠날 준비를 하셨다. 나 역시 아버지가 더 이상 고통받지 않도록 보내드릴 마음의 준비가 되어 있었다. 우리는 손을 잡고 웃기도 하고 울기도 하면서 얼마나 서로를 사랑하는지 다시금 확인했다. 우리는 이내 마지막 순간이

다가왔음을 깨달았다.

난 아버지께 말했다.

"아버지, 여길 떠나신 다음에 저에게 잘 계신다는 메시지를 보내주셔야 해요."

아버지는 그런 일이 어떻게 가능하냐면서 웃으셨다. 아버지는 영혼의 환생을 믿지 않으셨다. 나는 그것을 믿는 편도, 믿지 않는 편도 아니었지만, 여러 경험을 통해 죽음 너머의 세계에서 보내는 메시지를 받을 수 있다고 확신했다.

아버지와 나는 깊은 애정으로 연결되어 있었다. 아버지가 임종을 맞이하는 순간 심장에 온 충격이 내게도 전해졌다. 무지한 의사들은 아버지가 돌아가시는 순간에 내가 아버지 손을 잡는 것마저 허락하지 않았다. 나는 그것이 후회스러워 한동안 견딜 수가 없었다.

아버지가 세상을 떠난 뒤 나는 날마다 아버지에게서 어떤 메시지를 듣게 되기를 기다렸다. 하지만 아무 일도 일어나지 않았다. 나는 잠들기 전에 꿈에서라도 아버지를 만날 수 있게 해달라고 기도하곤 했다. 그러나 반년 가까이 지나도록 아무 목소리도 듣지 못했고, 아무런 느낌도 받을 수 없었다. 아버지를 잃은 슬픔만이 나를 채웠다.

어머니는 아버지보다 다섯 해 먼저 알츠하이머로 세상을 떠났다. 내게는 장성한 딸들이 있었지만, 난 자신이 부모 잃은 고 아처럼 느껴졌다.

그러던 어느 날, 마사지를 받으러 가서 의자에 누워 차례를 기 다리고 있을 때였다. 실내는 조용하고 어두웠다. 문득 아버지를 그리워하는 마음이 강하게 밀려왔다. 아버지에게서 어떤 메시지 를 들으려고 그동안 내가 너무 무리한 요구를 해오지 않았나 하 는 생각도 들었다.

난 긴장을 풀고 편안히 누워 있었다. 잠이 든 것은 아니었다. 어느 때보다 의식이 맑고 뚜렷했다. 혹시 내가 꿈을 꾸고 있나, 생각했지만 분명히 아니었다. 잔잔한 연못에 파문을 일으키는 물방울처럼 생각이 하나씩 머릿속을 지나갔다. 생각이 하나씩 지나가는 순간마다 느껴지는 평화로움에 나 스스로 놀랄 정도 였다. 나는 문득 생각했다.

'난 저쪽 세계에서 메시지를 받기 위해 너무 노력을 했어. 이 제부턴 그만해야지.'

그때 갑자기 어머니 얼굴이 내 앞에 나타났다. 알츠하이머병 으로 인간으로서의 품위와 온전한 정신 상태를 잃기 전의 건강 한 얼굴이었다. 체중도 건강하실 때 모습 그대로였다. 아름다운 은빛 머리칼이 우아하게 어깨까지 물결치고 있었다. 부드러운 얼굴이 너무도 생생하고 가깝게 느껴져 손을 뻗으면 어머니를 만질 수 있을 것만 같았다. 병에 걸려 초라해지기 전인 10년 전 모습 그대로였다. 어머니가 즐겨 사용하던 향수 냄새까지 맡을 수 있을 정도였다.

어머니는 내 앞에 서서 무엇을 기다리시는 듯했고, 아무런 말씀도 없었다. 어떻게 이런 일이 일어났는지 난 얼른 이해가 가지 않았다. 나는 줄곧 아버지를 생각해왔는데 어머니가 내 앞에 나타난 것이다. 그동안 어머니가 잘 있는지에 관심을 기울이지 않았던 것이 죄송스러웠다.

내가 말했다.

"아, 엄마! 엄마가 그 끔찍한 병으로 고통을 받으셔서 전 정말 마음이 아파요."

어머니는 내가 무얼 말하는지 알아들었다는 듯 한쪽으로 가볍게 머리를 기울이셨다. 그러고는 살아 계실 때처럼 여전히 아름다운 미소를 지으면서 말씀하셨다.

"아니다. 마음 아파할 필요가 없어. 내가 기억하는 모든 것은 오직 사랑뿐이야."

그러고 나서 어머니는 사라지셨다.

갑자기 텅 비어버린 실내에선 한기가 느껴졌다. 그리고 그 순간 직감했다. 가장 중요한 것, 가장 오래 기억에 남는 것은 우리가 주고받는 사랑이라는 사실을. 고통은 사라지지만 사랑은 영원히 남는다는 것을.

그날 어머니가 들려준 말씀은 내 인생에서 가장 중요한 것이 되었고, 그 만남은 가슴 속에 영원히 새겨졌다.

아직 난 아버지를 만나거나 아버지에게서 어떤 메시지를 받지는 못했지만, 언젠가 전혀 기대하지 않고 있을 때 아버지는 내 앞에 나타나 말씀하실 것이다.

"내가 널 얼마나 사랑하는지 오늘 말했니?"

보비 프롭스타인

심장이 들려준 말

꿈에 그리던 여성과 결혼한 멋진 남자가 있었다. 사랑 속에 두 사람은 딸을 낳았다. 아이는 밝고 명랑한 소녀로 자랐으며, 그 멋진 남자는 딸아이를 무척 사랑했다.

딸이 아주 어렸을 때 그는 딸을 번쩍 들어 안고서 방 주위를 돌며 춤을 추곤 했다. 그러고는 말했다.

"난 널 사랑한다, 어린 소녀야."

소녀가 성장했을 때에도 그 멋진 남자는 그녀를 껴안으며 말하곤 했다.

"난 널 사랑한다, 어린 소녀야."

소녀는 입을 삐죽거리며 말했다.

"전 이제 더 이상 어린 소녀가 아니에요."

더 이상 어린 소녀가 아닌 어린 소녀는 곧이어 집을 떠나 세상 속으로 들어갔다. 자기 자신에 대해 더 많이 배울수록 아버지에 대해서도 더 많은 걸 배웠다. 아버지가 정말로 멋지고 강한 남자라는 사실을 알았다. 그가 가진 힘이 무엇인지 비로소 깨달았다. 아버지가 가진 훌륭한 힘 중 하나는 가족에게 자기 사랑을 표현하는 능력이었다. 그녀가 세상 어느 곳으로 가든 그 남자는 전화를 걸어 말했다.

"난 널 사랑한다, 어린 소녀야."

더 이상 어린 소녀가 아닌 어린 소녀는 어느 날 전화 한 통을 받았다. 그 멋진 남자가 쓰러진 것이다. 뇌졸중으로 갑자기 쓰러져 그만 언어 능력을 잃어버렸다. 그는 이제 말할 수 없었으며, 다른 사람의 말을 알아듣는지조차 확신할 수 없었다. 그는 더 이상 미소 지을 수도, 웃을 수도, 걸을 수도 없었다. 껴안을 수도, 춤을 출 수도, 그리고 더 이상 어린 소녀가 아닌 어린 소녀에게 사랑한다는 말을 할 수도 없었다.

그녀는 당장 멋진 남자에게로 달려갔다. 병실로 들어가면서 그녀는 그를 보았다. 그는 매우 작아 보였고, 예전처럼 강한 남자가 전혀 아니었다. 멋진 남자는 그녀를 바라보며 뭔가 말을 하려고 노력했지만 결국 할 수 없었다.

어린 소녀는 자신이 할 수 있는 한 가지 일을 했다. 그녀는 침대 위의 멋진 남자 곁으로 올라갔다. 두 사람의 눈에서 눈물이 흘러내렸다. 그녀는 아버지의 무력해진 어깨에 두 팔을 둘렀다.

아버지의 가슴에 머리를 얹고서 많은 것을 생각했다. 둘이 함께한 아름다운 순간과, 그 멋진 남자가 자기를 얼마나 소중히 여기고 보호해주었는지를 기억했다. 힘들 때마다 큰 위안을 준 사랑의 말들을 이제는 들을 수 없다는 사실에 슬프기만 했다.

그 순간 그녀는 아버지의 심장이 뛰는 소리를 들었다. 사랑의 노래와 말을 언제나 간직해온 심장에서 들리는 소리였다. 몸의 나머지 부분은 완전히 마비된 상태였지만, 심장만은 규칙적으로 뛰었다. 그녀가 가슴에 귀를 대고 누워 있는 동안 기적이 일어났다. 그녀는 그가 하는 말을 들을 수 있었다.

그의 심장은 입으로 할 수 없는 말을 대신 전해주었다.

난 널 사랑한다.

난 널 사랑한다.

어린 소녀야.

어린 소녀야.

어린 소녀는 마음이 편안해졌다.

패티 한센

31

다른 방식

어느 나른한 봄날 오후, 전차는 덜컹거리며 도쿄 근교를 통과하고 있었다. 내가 타고 있는 칸에는 사람이 별로 없었다. 아이를 데리고 탄 주부 몇 사람과 쇼핑하러 가는 노인 몇 사람이 전부였다. 나는 차창 밖으로 스쳐 지나가는 단조로운 집들과 먼지를 뒤집어쓴 가로수를 구경하며 멍하니 앉아 있었다.

한 역에 도착해 승강구 문이 열리자 이내 오후의 평화로운 정적이 깨졌다. 한 남자가 알아들을 수 없는 난폭한 욕설을 퍼부으며 전차에 올라탄 것이다. 남자는 비틀거리며 내가 탄 전차 칸으로 들어왔다. 막노동자 복장을 한 덩치가 큰 남자는 지저분한 행색에 술이 잔뜩 취해 있었다. 그는 아기를 안고 있는 여자에게 다가가더니 고함을 치면서 팔을 휘둘렀다. 여자는 덩치 큰 남자를 피하려다 노부부의 무릎 위로 넘어졌다. 다행히 아기는 다치지 않았다.

공포에 질린 노부부는 황급히 일어나 다른 쪽으로 재빨리 피했다. 남자는 부인을 향해 발길질을 했지만, 다행히 빗나가 그녀는 허둥지둥 도망쳤다. 화가 난 남자는 객실 중앙에 있는 금속 막대기를 잡아서 뽑으려 했다. 그의 한쪽 손에서 상처가 나고 피가 흘러내렸다. 전차는 덜컹거리며 다시 출발했고, 승객들은 두려움에 얼어붙었다.

나는 자리에서 일어났다.

20년 전의 나는 젊었고 체격도 좋았다. 그 무렵 나는 3년 동안 거의 하루도 빠짐없이 8시간씩 합기도 수련에 열을 올리고 있던 터였다. 업어치기와 꺾기가 주특기였고 나는 스스로 강하다고 생각했다. 문제는 나의 무술을 실전에서 시험해본 적이 없다는 것이었다. 합기도 수련생에게는 싸움이 허용되지 않았다.

나의 스승은 기회가 있을 때마다 이렇게 강조하곤 했다.

"합기도는 화합의 무예이다. 싸우려는 마음을 가진 자는 우주와의 조화를 깨는 사람이다. 만일 다른 사람을 지배하려 한다면 그대는 이미 싸움에서 패배한 것이다. 우리는 싸움을 해결하는 법을 배우는 것이지, 싸움을 시작하는 법을 배우는 것이 아니다."

나는 스승의 말을 귀담아듣고 실천하기 위해 노력했다. 전차역 주변에 어슬렁거리는 풋내기 펑크족과 마주치지 않으려고 일부러 먼 길로 돌아가기도 했다. 그런 나의 인내심은 나를 더욱 우쭐하게 만들었다. 난 스스로 강하고 고결하다고 생각했다. 그러나 마음속으로는 악한 자들의 손아귀에서 순진무구한 사람들을 구출해낼 기회를 은근히 고대하고 있었다.

'지금이 바로 기회다!'

나는 스스로에게 말하면서 자리에서 당당히 일어섰다.

'지금 사람들이 위험에 처해 있다. 내가 빨리 무언가 하지 않으면 누군가가 다칠지도 모른다.'

내가 일어서자 남자는 분노의 표적을 발견한 듯 회심의 미소를 지으며 으르렁거렸다.

"아하! 외국놈이 덤비겠단 건가! 일본인의 방식이 어떤가 한번 배워보고 싶단 말이지."

나는 머리 위에 있는 손잡이를 가볍게 잡으면서 그에게 혐오와 경멸의 시선을 던졌다. 난 그 비겁한 인간을 한 주먹에 혼내줄 생각이었다. 하지만 상대가 먼저 덤벼들도록 해야만 했다. 그래서 그의 화를 돋우기 위해 입술을 내밀며 거만한 키스를 던졌다.

그는 고함을 쳤다.

"좋다! 내가 본때를 보여주지!"

그는 나를 덮치려고 자세를 가다듬었다. 그때였다. 그가 몸을 날리려는 찰나, 누군가 "어이!" 하고 그를 불렀다. 귀청을 울리는 날카로운 소리였다. 이상할 정도로 경쾌하고 쾌활한 그 목소리를 난 아직도 기억한다. 마치 애타게 찾던 무엇과 우연히 맞닥뜨린 사람이 내지르는 탄성과도 같은 경쾌한 목소리였다.

"어이!"

나는 소리가 난 왼쪽으로 몸을 돌렸고, 술주정꾼은 오른쪽으로 돌아섰다. 그렇게 해서 우리 두 사람은 바로 앞에 앉아 있는 키 작은 일본인 노인을 내려다보게 되었다. 적어도 일흔 살이 넘어 보이는 왜소한 신사는 기모노를 입고 단정하게 앉아 있었다. 그는 나에게는 아무런 관심도 갖지 않은 채 술주정꾼에게 마치 중요하고 신나는 비밀이라도 들려주겠다는 양 즐거운 시선을 던졌다.

"이리 좀 오게."

노인은 사투리가 섞인 친근한 말투로 술주정꾼을 불렀다.

"이리 와서 나랑 이야기 좀 하세."

그러면서 노인은 어서 오라고 가볍게 손짓까지 했다. 덩치 큰 술주정꾼은 마치 끈에 묶인 사람처럼 손짓에 따라 노인에게 다가갔다. 그는 늙은 신사 앞에서 두 다리를 벌리고 우뚝 서더니, 덜컹거리는 전차의 소음을 뚫고 이렇게 고함을 쳤다.

"무엇 때문에 내가 당신하고 이야기를 해야 한난 말이오?"

술주정꾼은 이제 내 쪽으로 등을 돌리고 서 있었다. 나는 그가 팔꿈치 하나만 까딱해도 바로 일격을 가할 작정이었다.

노인은 여전히 즐거운 듯 술주정꾼을 바라보며 물었다.

"자네, 무슨 술을 마셨나?"

노인의 눈은 흥미와 호기심으로 반짝였다. 그러자 술주정꾼이 큰 소리로 되받아쳤다.

"정종을 마셨소. 내가 뭘 마셨건 당신이 알 바 아니잖소!"

노인의 얼굴에 침이 튀었다. 노인이 말했다.

"아, 그거 좋은 일이지. 정말 좋은 일이야! 자네 그거 아는가? 나도 정종을 무척 좋아한다네. 매일 저녁 나는 할멈과 함께 정종 한 조끼를 데워서 정원으로 나가지. 할멈은 올해 일흔여섯 살이야. 우린 오래된 나무 의자에 앉곤 하지. 해 지는 풍경도 바라보고, 우리 집 복숭아나무가 잘 살아 있는지도 살펴보면서 말이야. 그 나무는 우리 증조할머니가 심으신 거라네. 그래서 우린 그 나무가 지난겨울의 혹독한 추위를 잘 이겨내고 기운을 회복할지 염려하고 있다네. 하지만 우리 집 나무는 언제나 내가 기대한 것보다 훨씬 잘 이겨내곤 하지. 정원의 보잘것없는 흙에 비하면 정말 대단한 나무야. 정종을 들고서 저녁나절을 보내기 위해 정원으로 나갈 때마다 그 나무를 바라보며 기쁨에 잠기곤 하지. 비가 올 땐 운치가 더하거든!"

노인은 눈을 반짝이면서 술주정꾼을 올려다보았다. 노인의 말을 듣는 사이 술주정꾼의 얼굴이 어느덧 부드러워지기 시작했다. 그의 주먹에 들어가 있던 힘이 서서히 풀렸다.

"그래요. 저도 복숭아나무를 좋아합니다."

그의 말꼬리가 흐려졌다.

노인이 다시 미소를 지으며 말했다.

"그렇겠지. 자네한테도 훌륭한 마누라가 있겠구먼."

그러자 술주정꾼이 대답했다.

"아닙니다. 제 마누라는 죽었어요."

전차의 흔들림과 함께 덩치 큰 사내가 나지막하게 흐느끼기 시작했다.

"난 마누라도 없고, 가정도 없고, 일자리도 없어요. 난 자신이 부끄러워 견딜 수가 없어요."

눈물이 그의 뺨을 타고 흘러내렸다. 깊은 절망감으로 그는 몸을 떨었다.

이 세상의 정의와 민주주의를 보호해야 한다는 믿음과 순진한 젊은 혈기로 무장한 채 그 자리에 서 있던 나는 자신이 그 사람보다 훨씬 더 추한 인간이라고 느껴졌다.

그러는 사이에 전차는 내가 내릴 역에 도착했다. 승강구 문이 열릴 때쯤 나는 동정심으로 가득 찬 노인의 목소리를 들었다.

"자, 자, 울지 말게. 정말 어려운 곤경에 처했구먼. 여기 앉아서 나한테 사연을 말해보게나."

난 마지막으로 고개를 돌려 그들을 바라보았다. 술주정꾼은 노인의 옆자리에 주저앉아 노인의 무릎에 얼굴을 묻은 채 흐느끼고 있었으며, 노인은 그의 지저분하고 헝클어진 머리카락을 부드럽게 어루만져주고 있었다.

전차가 떠나고, 나는 잠시 역 안의 의자에 앉았다. 내가 주먹의 힘으로 해치우려고 했던 일이 부드러운 말 몇 마디로 해결되었다. 방금 전 나는 살아 있는 합기도를 보았고, 그 본질은 사랑이었다. 나는 이제부터 완전히 다른 정신으로 무예를 수련해야 한다는 깨달음을 얻었다. 나 스스로 갈등을 평화로 풀어내는 이야기를 하려면 아직 한참의 세월이 더 필요하다는 사실을 깨달았다.

테리 돕슨

한 번에 하나

하늘이 황혼에 물들어갈 무렵에 나의 친구는 멕시코의 한적한 해변을 거닐고 있었다. 그런데 맞은편에서 걸어오는 한 노인이 보였다. 둘 사이의 거리가 점점 가까워지자 친구는 노인이 멕시코 원주민이며, 그가 무언가를 주워 바다에 던지고 있다는 걸 알게 되었다. 노인은 계속해서 무언가를 바다로 던지고 있었다.

더 가까이 가서 보니 노인은 방금 파도에 휩쓸려 해변으로 올라온 불가사리들을 한 번에 한 마리씩 바다로 되돌려 보내고 있었다.

어리둥절해진 친구는 노인에게 다가가서 물었다.

"안녕하시오, 노인장. 지금 뭘 하고 있는 겁니까?"

노인이 대답했다.

"불가사리들을 바다로 돌려보내고 있소. 지금은 썰물이라서, 해변으로 쓸려 올라온 이 불가사리들을 바다로 돌려보내지 않으면 햇볕에 말라서 죽고 말지요."

친구가 말했다.

"그건 저도 압니다만, 이 해변엔 수천 마리가 넘는 불가사리들이 널려 있습니다. 그것들을 전부 바다로 돌려보내겠다는 생각은 아니시겠지요? 그건 불가능하니까요. 그리고 당신은 미처 생각을 못 하고 있는 모양인데, 이 멕시코 해안에 있는 수백 개의 해변에서 날마다 똑같은 일이 일어나고 있소. 매일 수많은 불가사리들이 파도에 휩쓸려 올라와 말라 죽지요. 당신이 이런 일을 한다고 해서 무슨 차이가 있겠소?"

노인은 미소를 지으며 다시 몸을 굽혀 불가사리 한 마리를 집어 올렸다. 그는 불가사리를 바다로 멀리 던지며 말했다.

"지금 저 한 마리에게는 큰 차이가 있지요."

잭 캔필드 · 마크 빅터 한센

선물

미국 남부 지방의 한적한 도로를 버스 한 대가 털털거리며 달리고 있었다. 버스 안에는 꽃다발을 든 한 노인이 앉아 있었다. 그리고 통로 맞은편 자리엔 젊은 여자가 앉아 있었다. 여자는 노인이 들고 있는 아름다운 꽃다발에 자주 시선을 던졌다.

버스에서 내릴 때가 되자 노인은 불쑥 일어나 꽃다발을 여자의 무릎 위에 내려놓았다.

노인이 말했다.

"아가씨는 꽃을 좋아하는 것 같군요. 내 아내도 아가씨가 이 꽃을 갖는 걸 기뻐할 거요. 아가씨에게 꽃을 선물했다고 아내에게 말하겠소."

얼떨결에 꽃다발을 받아든 여자는, 버스에시 내려 작은 공원 묘지 안으로 천천히 걸어 들어가는 노인을 바라보았다.

베넷 커프

소년 소방대원

스물여섯 살의 엄마가 백혈병으로 죽어가는 어린 아들을 내려다보았다. 슬픔으로 가슴이 미어졌지만 그녀는 마음을 굳게 먹으려고 노력했다.

다른 부모들처럼 그녀 역시 아들이 자라서 모든 꿈을 이루기를 바랐지만 불가능한 일이었다. 백혈병이 모든 소망을 앗아가 버린 것이다. 하지만 그녀는 여전히 아들의 꿈이 이루어지기를 바랐다.

그녀는 아들의 손을 잡고 물었다.

"봅시, 넌 커서 무엇이 되고 싶다는 생각을 해본 적이 있니? 네 인생에서 어떤 일을 하고 싶다고 꿈꾸고 소망해본 적이 있니?

"엄마, 난 이 다음에 소방관이 되고 싶어요."

엄마는 미소 지으며 말했다.

"그럼 너의 소원을 이룰 수 있는지 엄마가 한번 알아볼게."

그날 늦게 그녀는 애리조나 주에서 가장 큰 도시 피닉스의 소방서를 찾아가 소방대장 밥을 만났다. 밥은 피닉스 시만큼 넓은 가슴을 지닌 사람이었다. 그녀는 아들의 마지막 소원을 설명하고, 여섯 살 난 아들을 소방차에 태워 한 구역을 돌아줄 수 있겠냐고 물었다.

밥이 대답했다.

"우린 그 이상의 일도 할 수 있습니다. 수요일 아침 7시에 아들을 데리러 가겠습니다. 그날 하루 동안 봅시는 명예 소방대원입니다. 아이는 소방본부에 와서 우리와 함께 식사를 하고 화재 신고도 받을 것입니다. 아이의 신체 사이즈를 알려 주시면 아이에게 맞는 소방복과 소방모자를 준비하겠습니다. 피닉스 소방본부 마크가 붙은 진짜 소방모자와 우리 소방대원들이 입는 노란 코트와 고무장화도요. 모두 이곳 피닉스에서 만들기 때문에 금방 구할 수 있습니다."

사흘 뒤 소방대장 밥은 봅시를 데리러 왔다. 그는 아이를 소방대원 복장으로 갈아입히고, 병원 침대에서부터 대기중인 사다리 소방차까지 안내했다. 봅시는 소방차 뒷자리에 앉아서 소방본부로 갈 때까지 다른 소방대원들을 도와주기도 했다. 봅시는 마치 천국에 있는 것 같았다.

그날 피닉스에 세 건의 화재 신고가 들어왔고 봅시는 모든 화재 현장에 출동했다. 그리고 소방차와 구급차, 심지어 소방대장의 차까지 타보았다. 지역 뉴스에서도 봅시를 촬영했다.

소원을 이룬 봅시는 자신에게 쏟아진 주위의 사랑과 관심에 감동받아 의사가 예상한 것보다 세 달을 더 살았다.

어느 날 밤 봅시의 신체 상태를 알려주는 모든 신호들이 갑자기 바닥으로 떨어졌다. 수간호사는 서둘러 봅시의 가족을 병원으로 불렀다. 그녀는 누구도 홀로 죽어선 안 된다는 호스피스 이론을 믿는 간호사였다. 봅시가 소방대원으로 활약했던 일을 기억해내고는 소방대장에게 전화를 걸어 소방복을 입은 대원을 한 명 보내 아이의 마지막 가는 길을 지켜봐달라고 부탁했다.

소방대장이 말했다.

"우린 그 이상의 일도 할 수 있습니다. 5분 안에 병원에 도착하겠습니다. 한 가지 부탁을 해도 될까요? 불자동차 사이렌 소리가 들리고 깜박이는 비상등이 보이면 병원 환자들에게 불이 난 게 아니라 멋진 소방대원을 한 번 더 만나기 위해 소방본부에서 찾아왔다고 방송해주시기 바랍니다. 그리고 아이가 있는 병실 창문을 열어놓으세요. 감사합니다."

5분 뒤 사다리 소방차가 요란한 사이렌을 울리며 병원에 도착했다. 봅시가 있는 3층 병실까지 사다리가 올라가고, 소방복을 입은 열네 명의 남자 대원과 두 명의 여자 대원이 사다리를 타고 올라왔다. 엄마의 허락을 받고 그들은 한 사람씩 봅시를 껴안으며 자신들이 봅시를 얼마나 사랑하는지 말했다.

마지막 숨을 내쉬며 봅시는 소방대장에게 물었다.

"대장님, 저도 이제 정식 소방대원인가요?"

소방대장이 말했다.

"물론이지, 봅시 대원."

그 말을 들은 봅시는 미소를 지으며 영원히 눈을 감았다.

잭 캔필드 · 마크 빅터 한센

강아지와 소년

가게 주인이 문 앞에 '강아지 팝니다'라고 써 붙였다. 그런 광고는 흔히 아이들의 시선을 끌게 마련이다.

아니나 다를까 가게 안을 기웃거리던 한 소년이 물었다.

"강아지 한 마리에 얼마씩 팔아요?"

주인이 대답했다.

"30달러부터 50달러 사이에 판다."

소년은 주머니를 뒤져 잔돈 몇 개를 꺼냈다.

"지금 저한테는 2달러 37센트가 있는데요. 강아지 좀 구경해도 될까요?"

주인이 미소를 지으며 가게 안쪽을 향해 휘파람을 불자 개집에서 어미개가 나왔다. 그 뒤를 따라 털실 뭉치처럼 생긴 강아지 다섯 마리가 나오더니 가게 통로로 달려왔다. 그런데 다른 강아지들보다 유독 뒤처진 강아지 한 마리가 눈에 띄었다. 소년은 얼른 절뚝거리며 오는 뒤처진 강아지를 가리키며 물었다.

"저 강아지는 어디가 아픈가요?"

주인은 수의사가 강아지를 진찰한 결과, 엉덩이 관절이 없음을 발견했다고 설명해주었다. 그래서 평생 동안 절뚝거리며 걸을 수밖에 없다는 것이었다.

소년은 흥분해서 말했다.

"전 이 강아지를 사고 싶어요."

주인이 말했다.

"아니다. 이 강아지를 돈을 받고 팔 수는 없어. 네가 정말로 이 강아지를 원한다면 그냥 가져가거라."

소년은 매우 화가 나서 주인의 눈을 똑바로 쳐다보며 말했다.

"전 이 강아지를 공짜로 가져가고 싶지 않아요. 이 강아지도 다른 강아지들처럼 똑같은 가치를 지닌 강아지예요. 그러니 값을 전부 내겠어요. 지금은 2달러 37센트밖에 없지만, 강아지 값을 다 치를 때까지 매달 50센트씩 갖다 드릴게요."

주인은 그래도 고개를 저었다.

"너는 이 강아지를 원치 않을 거야. 달리지도 못할 뿐 아니라 다른 강아지들처럼 너와 장난을 치며 놀 수도 없단다."

그 말을 듣자 소년은 몸을 숙여 바지 한쪽을 걷어 올리기 시작했다. 그러고는 금속 교정기로 지탱한 왼쪽 다리를 주인에게 보여주며 부드럽게 말했다.

"저도 다른 아이들처럼 달릴 수가 없어요. 그러니 이 강아지에게는 자기를 이해해줄 누군가가 필요할 거예요!"

댄 클라크

파란 리본

뉴욕의 한 교사가 자신이 담임을 맡은 고등학교 3학년 학생들에게 상을 주기로 결정했다. 그녀는 학생들을 한 명씩 앞으로 나오게 하고는 학생들 각자가 반에서 얼마나 특별한 존재인가를 설명했다. 그다음 교사는 학생 한 사람 한 사람에게 파란색 리본을 하나씩 달아주었다. 리본에는 금색 글씨로 이렇게 적혀 있었다.

'당신은 내게 특별한 사람입니다.'

이후 교사는 표창을 주는 의식이 공동체에 미치는 영향을 알아보기 위해 한 가지 계획을 더 세웠다. 학생들에게 파란색 리본을 세 개씩 더 주고, 주위 사람들에게 달아주라고 했다. 그리고 일주일 뒤에 그 결과를 써 내는 숙제를 주었다.

한 학생이 학교 근처에 있는 회사의 부사장을 찾아갔다. 그가 자기의 진로 문제를 친절하게 상담해준 적이 있기 때문이었다. 학생은 부사장의 옷에 파란 리본을 달아준 다음 두 개의 리본을 더 주며 말했다.

"이건 저희 반에서 시작한 프로젝트예요. 리본 하나는 부사장님이 존경하는 특별한 사람에게 달아주세요. 나머지 하나는 그 사람이 자신의 특별한 사람에게 달아주게 하세요. 결과를 일주일 뒤에 저에게 꼭 말씀해주시고요."

그날 늦게 부사장은 자기의 상사인 사장에게 갔다. 사장은 직원들 사이에서 지독한 인물로 정평이 난 사람이었다. 부사장은 사장을 앉혀놓고, 사장이 가진 창의적인 천재성을 깊이 존경한다고 말했다. 사장은 무척 놀란 듯이 보였다. 부사장은 파란 리본을 꺼내면서 그걸 감사의 선물로 드리고 싶다고 말했다. 사장은 당황하면서도 기쁜 말투로 답했다.

"아, 좋소."

부사장은 파란 리본을 사장의 가슴 위쪽 주머니에 달아주고 나머지 리본 한 개를 건네며 이렇게 말했다.

"제 부탁을 한 가지 들어주시겠습니까? 이 리본을 사장님께서 존경하는 사람에게 달아주십시오. 이는 사실 저에게 처음 리본을 달아준 학생이 참여한 학교 프로젝트입니다. 우리는 이 표창 의식이 계속되어 사람들에게 어떤 영향을 미치는지 보고 싶습니다."

그날 밤 집으로 돌아간 사장은 열네 살 난 아들을 앉혀놓고 말했다.

"오늘 정말 믿을 수 없는 일이 나한테 일어났단다. 사무실에 있는데 부사장이 들어오더니 내가 대단히 창의적이고 천재적인 인물이라면서 이 리본을 달아주더구나. 생각해봐라. 내가 창의적인 천재라는 거야. 그는 '당신은 내게 특별한 사람입니다'라고 적힌 이 리본을 내 가슴에 달아주었다. 그러면서 리본 하나를 건네주더니 내가 특별히 소중하게 여기는 사람에게 달아주라는 거야. 오늘 저녁에 차를 몰고 집으로 돌아오면서 난 누구에게 이 리본을 달아줄까 생각해봤다. 그러고는 금방 널 생각했지. 난 너에게 이 리본을 달아주고 싶다."

이어서 그는 말했다.

"난 사업을 하느라 하루 종일 눈코 뜰 새 없이 바쁘다. 집에 와서도 너한테 별로 신경을 쓰지 못했어. 이따금 네가 성적이 떨어지거나 방 안을 어질러놓을 때면 고함을 질렀지. 하지만 오늘밤 난 너와 이렇게 마주 앉아서 이 말을 꼭 해주고 싶다. 넌 내게 누구보다도 특별한 사람이야. 네 엄마와 마찬가지로 내 인생에서 가장 소중한 존재이지. 넌 훌륭한 아들이야. 사랑한다."

놀란 아들은 흐느껴 울기 시작했다. 아들은 울음을 멈추지 못했다. 온몸이 가늘게 떨리고 있었다. 마침내 고개를 들어 아버지를 바라본 아들은 울먹이며 말했다.

"아빠, 사실 저는 내일 아침에 자살을 하려고 결심했었어요. 아빠가 절 사랑하지 않는다고 생각했거든요. 이젠 그럴 필요가 없어졌어요."

헬리스 브리지스

나도 그런 형이 될 수 있다면

폴이라는 친구는 지난해 크리스마스 때 형에게 자동차 한 대를 선물 받았다. 크리스마스이브에 폴이 일을 마치고 사무실 밖으로 나와보니, 개구쟁이 소년 하나가 폴의 새 차 주위를 맴돌고 있었다.

폴이 다가가자 소년은 부러운 눈으로 차를 바라보며 물었다.

"아저씨가 이 차 주인이에요?"

폴이 고개를 끄덕였다.

"그렇단다. 우리 형이 크리스마스 선물로 사준 거지."

그러자 소년은 더욱 놀랐다.

"아저씨의 형이 이 차를 사줬고, 아저씨는 돈 한푼 내지 않았단 말이에요? 나도 그럴 수 있다면 얼마나 좋을까……."

소년은 말을 끝맺지 못했다. 당연히 폴은 소년이 자기도 그런 형이 생기길 바랄 거라고 생각했다. 그러나 소년이 그다음 한 말은 폴을 놀라게 하기에 충분했다.

"나도 그런 형이 될 수 있으면 얼마나 좋을까요."

폴은 놀라서 소년을 쳐다보았다. 그러고는 무심결에 소년에게 말했다.

"너, 이 차 타보고 싶니? 내가 한번 태워줄까?"

소년은 기뻐서 소리쳤다.

"정말요? 좋아요!"

폴은 소년을 차에 태우고 주위를 한 바퀴 돌았다. 그런데 소년이 문득 폴을 돌아보면서 눈을 빛내며 말했다.

"아저씨, 미안하지만 저희 집 앞까지 좀 태워다 주실 수 있으세요?"

폴은 자신도 모르게 미소 지었다. 소년이 무엇을 원하는지 알 수 있었다. 멋진 차를 타고 집에 도착한 자신의 모습을 이웃에게 자랑하고 싶었던 것이다.

그러나 폴의 생각은 또다시 빗나가고 말았다. 집 앞에 도착한 소년은 폴에게 부탁했다.

"저기 계단 앞에 세워주세요. 그리고 잠깐만 기다려주세요."

소년은 계단을 뛰어 올라갔다. 잠시 후 소년이 집 밖으로 나오는 소리가 들렸지만 어쩐 일인지 소년은 금방 나오지 않았다. 잠시 후 소년은 다리가 불편한 동생을 데리고 나왔다. 소년은 동생을 계단에 앉히고, 어깨를 껴안으며 폴의 자동차를 가리켰다.

"내가 방금 말한 게 저 차야, 버디. 저 아저씨의 형이 크리스마스 선물로 샀대. 그래서 저 아저씨는 한푼도 낼 필요가 없었대. 버디, 나도 언젠가 너에게 저런 차를 선물할 거야. 그러면 넌 그 차를 타고 내가 이야기해준 세상의 멋진 것들을 모두 구경할 수 있게 될 거야."

폴은 차에서 내려 계단으로 갔다. 그러고는 어린 동생을 번쩍 안아 차의 앞좌석에 앉혔다. 눈이 반짝이는 형도 옆에 올라탔다. 그들 세 사람은 오래도록 기억에 남을 크리스마스 드라이브를 떠났다.

그날 폴은 성경에 적힌 예수님의 말씀을 비로소 이해할 수 있었다.

"베푸는 자에게 복이 있나니……."

댄 클라크

어떤 용기

그녀가 물었다.

"그래서 당신은 내가 매우 용기 있는 사람이라고 생각하나요?"

난 고개를 끄덕였다.

"그렇습니다. 내가 보기에 당신은 무척 용기 있는 여성입니다."

그러자 그녀가 말했다.

"어쩌면 그럴지도 모르죠. 하지만 그것은 나한테 몇 명의 훌륭한 스승이 있었기 때문이에요. 그중 한 사람 이야기를 해드리죠. 몇 해 전 스탠퍼드 병원에서 자원봉사를 할 때, 나는 리자라는 이름의 한 여자아이를 알게 되었답니다. 그 아이는 매우 희귀한 병으로 고통받고 있었지요. 그런데 유일한 치료 방법은 똑같은 병에 걸렸다가 기적적으로 살아나 혈액 속에 면역체가 있는 다섯 살짜리 남동생에게 혈액을 공급받는 것이었습니다. 의사는 어린 남동생에게 상황을 설명하고, 누나에게 수혈을 해 줄 수 있냐고 물었지요. 나도 그 자리에 있었는데, 소년은 한순간 망설이다가 깊이 숨을 들이쉬면서 말하더군요.

'네, 리자 누나를 구하는 일이라면 그렇게 할게요.'

수혈을 하는 동안 소년은 누나의 옆 침대에 누워서 누나의 뺨에 혈색이 돌아오는 걸 바라보며 미소를 지었어요. 우리들도 모두 기뻐서 미소를 지었지요. 그런데 차츰 소년의 얼굴이 창백해지면서 미소가 사라지기 시작했답니다. 아이는 의사를 바라보며 떨리는 목소리로 물었지요.

'이제 난 금방 죽게 되나요?'

나이가 어린 소년은 의사의 말을 오해했던 것이지요. 자기 몸 속의 피를 전부 누나에게 줘야 한다고 생각했던 겁니다. 아이는 자신이 죽을 줄 알면서도 누나를 살리기로 결심한 것이지요."

그러고 나서 그녀는 덧붙였다.

"그래요. 난 진정한 용기가 무엇인가를 배웠어요. 나에게 영감을 주는 스승이 있었기 때문이죠."

댄 밀맨

작은 관심

누구나 위대한 사람이 될 수 있다. 왜냐하면 누구나 남에게 필요한 존재가 될 수 있으니까. 대학을 가고 학위를 따야만 남에게 필요한 존재가 되는 건 아니다. 학식 있고 머리가 좋아야만 그렇게 할 수 있는 것도 아니다. 은총으로 충만한 가슴만 있으면 된다. 영혼은 사랑에서 나온다.

마틴 루서 킹 2세

어느 날 마크는 학교 수업을 마치고 집으로 가고 있었다. 앞에 가던 한 소년이 발을 헛디뎌 넘어지고 말았다. 그 바람에 소년이 들고 있던 책과 두 벌의 스웨터, 야구 글로브와 방망이, 작은 카

세트가 바닥에 떨어졌다.

마크는 얼른 달려가서 무릎을 꿇고 물건 줍는 소년을 도와주었다. 마침 집으로 가는 방향이 같았기 때문에 마크는 그 소년의 짐을 나눠 들었다.

함께 걸어가면서 마크는 소년의 이름이 빌이라는 것을 알게 되었다. 또한 빌이 비디오 게임과 야구와 역사 과목을 좋아하며, 다른 과목들은 점수가 형편없다는 것도 알게 되었다. 그리고 얼마 전에 여자 친구와 헤어졌다는 사실도 알게 되었다.

두 사람은 먼저 빌의 집에 도착했다. 빌은 마크에게 음료수를 대접했고, 둘은 함께 텔레비전을 보았다. 이런저런 얘길 나누기도 하고 웃기도 하면서 오후 시간을 즐겁게 보낸 뒤, 마크는 집으로 돌아왔다.

그후 마크와 빌은 줄곧 함께했다. 이따금 점심을 함께 먹으며 얘길 나누기도 했다. 중학교를 졸업하고 우연히 같은 고등학교에 진학한 둘은 여러 해 동안 만남을 이어갔다.

마침내 고등학교를 졸업할 무렵이 되었다. 졸업을 3주 앞둔 어느 날 빌은 마크를 찾아왔다. 빌은 여러 해 전 그들이 처음 만났던 때를 상기시키며 이야기했다.

"그날 내가 왜 그 많은 물건들을 집으로 가져갔는지 넌 궁금하지 않았니? 그때 난 학교 사물함에 있는 내 물건을 전부 가져갔던 거야. 내 잡동사니를 다른 사람에게 남겨두고 싶지 않았거든. 난 어머니가 복용하는 수면제를 모아두었었고, 그날 집으로 돌아가 자살을 하려고 했어. 그런데 너와 함께 웃고 이야기하는 사이 생각이 달라졌어. 만일 자살을 했다면 이런 소중한 순간을 갖지 못했을 것이고, 앞으로도 다른 순간들을 갖지 못할 거란 생각이 들었어. 마크, 그날 네가 길바닥에 떨어진 내 책들을 주웠을 때 넌 정말 큰 일을 한 거야. 넌 내 생명을 구했어."

존 슐래터

미소

서로에게 미소를 보내세요. 당신의 아내에게, 당신의 남편에게,
당신의 아이들에게, 서로에게 미소를 지으세요. 그가 누구인지는
중요하지 않아요. 미소는 서로 더 깊은 사랑을 갖도록 해줍니다.

마더 테레사

《어린왕자》를 쓴 프랑스 작가 생텍쥐페리에 대해선 누구나 잘
알 것이다. 그 책은 아이들을 위한 작품일 뿐 아니라 어른들에게
도 생각할 기회를 많이 주는 동화이다. 하지만 생텍쥐페리가 쓴
다른 작품들, 이를테면 산문과 중단편 소설들은 그다지 많이 알
려져 있지 않다.

생텍쥐페리는 나치 독일에 대항해서 싸운 전투기 조종사였으며, 전투 참가 중에 비행기 추락 사고로 목숨을 잃었다. 제2차 세계대전이 일어나기 전에는 스페인내전에서 파시스트에 대항해 싸웠고 그때의 경험을 바탕으로 〈미소〉라는 제목의 아름다운 단편소설을 썼다.

오늘 내가 들려주고 싶은 이야기가 바로 이 소설의 내용이다. 이것이 실제 생텍쥐페리의 경험인지 허구인지는 확실치 않다. 하지만 나는 그것이 작가 자신의 진실한 체험이리라 믿는다.

〈미소〉에서 생텍쥐페리가 전하는 바에 따르면, 그는 전투 중에 포로가 되어 수용소에 갇혔다. 교도관들의 경멸어린 시선과 거친 태도로 보아 그가 다음 날 처형되리라는 것은 불 보듯 뻔한 일이었다. 여기에 소설의 내용을 기억나는 대로 옮겨보겠다.

나는 내가 죽을 것이라 확신했다. 신경이 극도로 곤두섰다. 죽음에 대한 공포 때문에 고통스러워 견딜 수 없었다. 나는 담배를 찾아 호주머니를 뒤졌다. 몸 수색 때 발각되지 않은 게 있을지도 모른다는 기대에서였다. 다행히 한 개비를 발견했다. 나는 떨리는 손으로 담배를 겨우 입에 가져갔다. 하지만 성냥이 없었다. 그들이 모두 빼앗아가 버렸다.

나는 창살 사이로 교도관을 바라보았다. 그는 나와 눈조차 마주치려고 하지 않았다. 이미 죽은 기나 다름없는 자와 누가 눈을 마주치려고 하겠는가. 나는 그를 큰 소리로 불렀다.

"혹시 불이 있으면 좀 빌려주겠소?"

교도관은 나를 쳐다보더니 어깨를 으쓱하고는 담배에 불을 붙여주기 위해 걸어왔다. 가까이 다가와 성냥을 켜는 순간 그의 눈이 무심결에 내 눈과 마주쳤다. 그 순간 나는 미소를 지었다. 왜 그랬는지는 나도 모른다. 어쩌면 신경이 곤두서서 그랬을 수도 있고, 어쩌면 둘 사이의 거리가 너무 가까워 어색함을 피하려고 그랬는지도 모른다. 아무튼 난 그 상황에서 미소 지었다.

그 순간, 우리 두 사람의 심장 사이에, 두 인간의 영혼 사이에, 불꽃 하나가 점화되었다. 물론 나는 그가 그런 것을 바라지 않았음을 안다. 하지만 나의 미소는 창살을 넘어 그의 입술에도 미소가 피어나게 했다. 그는 담배에 불을 붙여주고 나서도 자리를 떠나지 않고 여전히 미소 지은 채 내 눈을 바라보았다.

나 역시 그에게 미소를 보내면서 그가 단순히 한 명의 교도관이 아니라 살아 있는 한 인간이라는 사실을 깨달았다. 그가 나를 바라보는 시선에도 새로운 차원이 깃들여 있었다.

문득 그가 나에게 물었다.

"당신에게도 자식이 있소?"

"그럼요, 있고말고요."

나는 대답하면서 얼른 지갑을 꺼내 허둥지둥 가족사진을 보여주었다. 그도 자기 아이들 사진을 꺼내 보여주면서 앞으로의 계획과 자식들에 대한 희망을 이야기했다.

내 눈에 눈물이 그렁거렸다. 다시는 가족을 만날 수 없게 될까봐 두려웠다. 나는 교도관에게 고백했다. 자식들이 커가는 모습을 지켜볼 수 없어 무엇보다 슬프다고. 이윽고 그의 눈에도 눈물이 어른거렸다.

갑자기 그는 아무 말도 없이 일어나더니 수용소 문을 열었다. 그러고는 나를 조용히 밖으로 나가게 했다. 그는 조용히 수용소를 빠져나가 뒷길을 통해 마을 밖까지 나를 안내했다. 마을 끝에 이르러 그는 나를 풀어주었다. 그런 다음 한마디 말도 없이 뒤돌아서서 마을로 돌아갔다.

한 번의 미소가 내 목숨을 구했다.

그렇다. 미소는 사람 사이에 꾸밈없이 자연스런 관계를 맺게 해준다. 나는 강연을 할 때마다 청중들에게 생텍쥐페리의 이야기를 들려주곤 한다. 우리가 비록 스스로 온갖 보호막을 두른 채 살아가고 있다 할지라도, 누구나 밑바닥 깊은 곳에는 인간의 진정성과 본질을 간직하고 있기 때문이다. 나는 감히 그것을 '영혼'이라고 부르고 싶다.

당신의 영혼과 내 영혼이 서로를 알아본다면 우리는 결코 적이 될 수 없다. 그렇게 되면 서로를 미워하거나 시기하거나 두려워할 수가 없다. 생텍쥐페리의 〈미소〉는 두 영혼이 서로를 알아보는 기적의 순간을 말하고 있는 것이다.

　　나 역시 인생을 살아가면서 가끔씩 그런 순간을 경험해왔다. 사랑에 빠지는 것이 한 예이다. 아기를 바라보는 것도 마찬가지이다. 아기를 볼 때 우리는 왜 미소 짓는가? 아마도 아무런 방어막이 없는, 아무런 속임수 없이 순진무구함 자체로 미소 짓는 한 인간을 우리가 보고 있기 때문일 것이다. 그 순간 우리 안에 있는 아기의 영혼이 그것을 알아보고 환하게 미소 짓는 것이다.

하노크 맥카티

당신은 모를 거예요

래리와 조앤은 평범한 부부였다. 그들은 평범한 도시의 평범한 집에서 살았다. 다른 평범한 부부들처럼 남에게 빚지지 않고 자식들을 잘 키우기 위해 열심히 노력했다.

다른 면에서도 그들은 평범한 부부였다. 그들도 여느 부부들처럼 가끔씩 말다툼을 벌였다. 결혼을 후회한다거나 속아서 살아왔다는 둥 언쟁을 벌이며 서로의 잘잘못을 따지곤 했다.

그러던 어느 날 매우 특별한 사건이 일어났다. 남편 래리가 아내 조앤에게 불쑥 말을 걸었다.

"조앤, 난 마술의 서랍장을 갖고 있어. 내가 서랍을 열기만 하면 언제든지 그 안에 깨끗한 양말과 속옷들이 차곡차곡 챙겨져 있거든."

래리는 조앤에게 이렇게 덧붙였다.

"나와 함께 사는 동안 하루도 빠짐없이 내 양말과 속옷들을 챙겨줘서 정말 고마워."

조앤은 안경 너머로 남편을 빤히 바라보았다. 그녀는 의심스런 눈초리로 물었다.

"원하는 게 뭐죠, 래리?"

"아무것도 원하지 않아. 난 다만 마술 서랍장에 대해 당신에게 고맙다는 말을 하고 싶은 것뿐이야."

래리는 가끔 엉뚱한 말을 했으므로 조앤은 금방 그 일을 잊어버렸다.

며칠이 지났다. 래리가 또 말했다.

"조앤, 이번 달에 지불할 가계수표를 작성하느라 수고가 많았어. 열여섯 장 중에서 열다섯 장을 틀리지 않고 적었으니, 정말 기록적이야."

조앤은 자신의 귀를 믿을 수 없어서 바느질을 하다 말고 고개를 들어 래리를 쳐다보았다.

"래리, 당신은 내가 맨날 수표 번호를 잘못 적는다고 불평을 해왔잖아요. 그런데 이제 칭찬을 하기로 마음먹은 이유가 뭐죠?"

래리가 말했다.

"이유는 없어. 다만 고맙다는 말을 하려는 것뿐이야."

조앤은 머리를 가로저으며 다시 바느질을 했다. 그러고는 혼자서 중얼거렸다.

'도대체 저이가 무슨 마음을 먹은 걸까?'

어쨌든 다음 날이 되었을 때 조앤은 식료품 가게에 가계수표를 지불하면서 자기가 적은 수표 번호가 틀리지 않았는지 다시 한 번 확인하게 되었다. 그녀는 혼자서 생각했다.

'내가 왜 갑자기 이런 수표 번호 따위에 신경을 쓰게 됐지?'

조앤은 그 일을 잊으려고 노력했다. 하지만 래리의 이상한 행동은 갈수록 심해졌다. 하루는 저녁 식사를 마친 래리가 말했다.

"조앤, 저녁을 정말 맛있게 먹었어. 당신의 모든 수고에 대해 정말로 고맙게 생각해. 지난 15년 동안 당신은 나와 아이들을 위해 최소한 1만 4천 번 밥상을 차려주었어."

래리는 또 이렇게 말했다.

"조앤, 집이 정말 깨끗해. 이렇게까지 하려면 쉬지 않고 쓸고 닦아야 했을 텐데."

그는 심지어 이런 말까지 했다.

"고마워, 조앤. 내 곁에 있어줘서. 난 당신과 함께 있는 것이 좋아."

조앤은 마음속으로 의심이 더해갔다.

'정말로 날 칭찬하는 건가, 아니면 조롱하는 건가?'

남편에게 뭔가 이상한 일이 일어났을지도 모른다는 의구심은 열여섯 살 먹은 딸 샐리의 말을 듣고서 더욱 확실해졌다.

"아빠가 머리가 이상해졌나 봐, 엄마. 자꾸만 나한테 멋있다고 그래. 이런 지저분한 옷차림을 하고 있는데도 내가 세상에서 가장 멋있어 보인다는 거야. 옛날의 아빠가 아니야, 엄마. 도대체 뭐가 잘못된 거야?"

뭐가 잘못됐는지는 모르지만 아무튼 래리는 멈추지 않았다. 밤이나 낮이나 그는 긍정적인 면에만 초점을 맞췄다.

그렇게 몇 주가 지나자 조앤은 남편의 비정상적인 행동에 많이 익숙해졌고, 때로는 마지못해 이렇게 대답했다.

"그렇게 말해주니 고맙군요."

그녀는 남편의 이상한 행동에 자신이 잘 대처하고 있다 생각하며 자부심까지 갖게 되었다. 그러던 어느 날 상상도 못할 일이 일어났다. 조앤은 머리가 혼란스러워졌다. 래리가 부엌으로 들어오더니 이렇게 말하는 것이었다.

"당신은 좀 쉬도록 해. 설거지는 내가 할 테니까. 프라이팬은 이리 주고 어서 부엌에서 나가요."

조앤은 한참 동안 말없이 서서 남편을 바라보았다. 이윽고 그녀는 입을 열어 남편에게 말했다.

"고마워요, 래리. 정말 고마워요!"

이제 조앤의 발걸음이 한결 가벼워졌다. 삶에서 자신감을 갖게 되었고, 이따금 노래까지 흥얼거렸다. 그토록 많았던 우울한 순간들이 말끔히 떠나간 듯했다. 그녀는 생각했다.

'이유가 무엇이든 난 래리의 새로운 행동방식이 더 좋아.'

이야기는 여기서 끝나지 않았다. 어느 날 더욱 놀라운 일이 일어났다. 이번에는 조앤이 먼저 말했다.

"래리, 당신이 그동안 나와 우리 식구를 먹여살리기 위해 하루도 빠짐없이 일터에 나간 것을 고맙게 생각해요. 내가 당신에게 얼마나 감사하는지 당신은 모를 거예요!"

래리는 자신의 행동이 그토록 극적으로 바뀌게 된 이유를 조앤이 아무리 물어도 대답하지 않았다. 그래서 그것은 인생의 여러 수수께끼 중 하나로 남았다. 하지만 그 수수께끼를 나는 진심으로 고맙게 여긴다. 당신이 눈치챘듯이, 내가 바로 조앤이니까.

조앤 라센

카르페 디엠

〈죽은 시인의 사회〉에 나오는 교사 존 키팅은 용기 있는 삶을 산 대표적인 인물이다. 로빈 윌리엄스가 열연한 이 감동적인 영화에서 키팅은 전통적인 기숙학교에 다니는, 잘 길들여졌지만 정신적으로는 무감각한 부유층 학생들에게 영감을 불어넣어 그들의 삶을 특별하게 변화시켰다.

키팅이 지적한 대로 학생들은 이미 꿈과 야망을 잃어버린 상태였다. 그들은 부모가 만든 계획표와 부모의 기대에 따라 기계적인 인생을 살아가고 있었다. 그들은 의사나 변호사나 은행가가 되고자 인생을 설계했지만, 이 역시 부모가 그렇게 하라고 말했기 때문이었다. 이 무미건조하고 삭막한 친구들은 자신들의 가슴이 원하는 것이 무엇인지 아무 생각도 없었다.

영화의 앞부분에서 키팅은 학생들을 학교 로비로 데려가 트로피 진열장에 전시된 개교 초기의 졸업생 사진을 보여준다.

"이 사진들을 보렴."

키팅은 학생들에게 말했다.

"너희들이 보고 있는 이 젊은이들은 한때 너희들과 똑같은 불길을 눈동자 속에 간직하고 있었다. 폭풍 같은 힘으로 이 세상을 자기 것으로 만들고, 자신의 인생을 멋진 드라마로 만들겠다는 야망을 갖고 있었다. 그것이 70년 전의 일이다. 이제 그들은 모두 죽었고 무덤에는 데이지 꽃만 자라고 있다. 그들 중에 과연 얼마나 많은 이들이 자신의 꿈을 진정으로 실현했을까? 그들은 과연 자신들이 품었던 야망을 성취했을까?"

키팅은 이 부유층 아이들에게 몸을 기울이면서 잘 들리도록 속삭였다.

"카르페 디엠! 이 순간을 붙잡아라!"

처음에 학생들은 이 이상한 선생의 행동을 이해할 수 없었다. 하지만 곧 그들은 그가 하는 말의 중요성을 깊이 생각하게 되었다. 그들은 점점 키팅을 존경하고 숭배하게 되었다. 그는 그들에게 새로운 희망을 주었다. 또는 그들이 본래 갖고 있던 희망을 되찾게 해주었다.

우리 모두는 누군가에게 건네줄 생일 카드를 갖고 다닌다. 그 생일 카드는 우리가 옷 속에 감추고 있는 기쁨, 창의성, 살아 있음에 대한 나 자신만의 표현이다.

영화에 나오는 학생 중 하나인 녹스 오버스트릿은 어느 날 매력적인 여학생과 운명적으로 만난다. 문제는 그 여학생이 운동을 잘하기로 소문난 남학생과 사귀고 있었다는 것이다. 녹스는 아름다운 여학생에게 반해 잠을 설치지만, 다가갈 용기가 부족했다. 이때 녹스는 키팅 선생의 충고를 기억했다.

"카르페 디엠! 이 순간을 붙잡아라!"

그 순간 녹스는 언제까지나 꿈만 꾸고 있을 순 없음을 깨달았다. 진정으로 그녀를 원한다면 무언가 행동으로 옮겨야 한다는 것을. 그리고 녹스는 실제 그렇게 했다. 대담하고 시적인 말투로 여학생에게 자신의 가장 섬세한 감정을 전했다. 이 과정에서 녹스는 퇴짜를 맞고, 그녀의 남자 친구에게 주먹으로 얻어맞는 등 수모를 겪기도 했다.

하지만 녹스는 자신의 꿈을 포기할 생각이 없었다. 그는 끝까지 가슴이 원하는 대로 따랐다. 마침내 녹스의 진실한 마음을 알게 된 여학생은 그에게 마음을 열기 시작했다. 녹스는 특별히 잘생기거나 인기 있는 학생이 아니었다. 하지만 진실의 힘으로 그녀를 감동시켰다. 녹스는 그렇게 해서 자신의 삶을 특별하게 만들었다.

내게도 '지금 이 순간'을 붙잡는 연습을 할 기회가 있었다. 어느 날 나는 반려동물 가게에서 귀여운 여성과 우연히 마주쳤다. 그녀는 나보다 어렸고, 나와는 매우 다른 삶의 방식을 가지고 있었다. 그리고 우리는 그다지 많은 대화를 나눌 기회조차 없었다. 그러나 그런 것들은 그다지 중요하지 않다는 생각이 들었다. 나는 그녀와 함께 있는 것이 좋았고, 그녀를 보면 가슴이 뛰었다. 내가 보기에 그녀도 나와 함께 있는 시간을 좋아하는 듯했다.

그녀의 생일이 다가온다는 걸 알고 나는 데이트를 신청하기로 결심했다. 나는 한 시간이 넘도록 전화기를 바라보며, 전화를 할지 말지 망설였다. 수화기를 들어 번호를 눌렀다가 신호가 가기도 전에 서둘러 끊어버리곤 했다.

나는 기대에 차서 흥분한 마음과 거절당할지도 모른다는 두려움 사이에서 어쩔 줄 몰라 하는 사춘기 학생과 다를 바 없었다. 나를 좋아하지 않을지도 모르는데, 무슨 용기로 데이트 신청을 하려는 것이냐는 악마의 목소리가 마음 한구석에서 강하게 들려왔다.

하지만 그녀와 함께 있고 싶은 마음이 너무나 강렬해서 어떤 두려움도 나를 막지 못했다. 마침내 나는 용기를 내어 그녀에게 전화를 걸었다. 그녀는 데이트 신청을 해줘서 고맙긴 하지만 이미 선약이 있다고 말했다.

나는 한방 얻어맞은 기분이었다. 전화를 걸지 말라고 충고했던 그 목소리가 더 창피당하기 전에 어서 포기하라고 재촉했다. 하지만 나는 왜 내가 그녀에게 끌리는지 알고 싶었다. 나의 내면에선 많은 것들이 표현되기를 원하고 있었다. 나는 분명히 이 여성에게 어떤 느낌을 갖고 있었고, 이 느낌을 표현해야만 했다.

나는 백화점에 가서 예쁜 생일 카드를 사서 거기에 시를 적었다. 그다음 그녀가 일하는 반려동물 가게로 갔다. 입구까지 걸어갔을 때 아까 그 악마의 목소리가 또다시 경고를 보냈다.

'그녀가 널 좋아하지 않으면 어떻게 하려고 그래? 거절하면 어떻게 할 거야?'

난 그만 용기를 잃고 카드를 옷 속에 감추었다. 만일 그녀가 내게 조금이라도 관심을 보이면 카드를 주고, 나를 차갑게 대하면 그냥 숨겨 가지고 나오겠다고 마음먹었다. 그렇게 하면 모험을 할 필요도 없고, 거절당하는 창피를 겪지 않아도 되리라 생각했다.

나는 가게 안으로 들어가 잠시 그녀와 이야기를 나누었다. 하지만 그녀에게서 아무런 특별한 느낌을 받을 수 없었다. 그녀는 날 좋아하는 것 같지도 않았고, 그렇다고 싫어하는 것 같지도 않았다. 불안해진 나는 출구 쪽으로 걸어가기 시작했다.

내가 문 가까이 다가갔을 때 내 안에서 또 다른 목소리가 말했다. 마치 키팅의 목소리처럼 내 귀에 속삭이며 용기를 불어넣었다.

'녹스 오버스트릿을 기억하라. 카르페 디엠! 이 순간을 붙잡아야 해!'

그 순간 내 마음속 감정을 표현하려는 강한 열망과 더불어 자신이 발가벗겨지는 듯한 두려움과 과감히 맞설 수 있어야 한다는 용기가 생겨났다.

난 스스로에게 물었다. 내 가슴이 시키는 대로 살지 못하면서 어떻게 다른 사람에게 비전을 가지고 살라고 말할 수 있겠는가? 또한 최악의 결과가 일어난다고 해도 그것이 어떤 것이겠는가? 시가 적힌 생일 카드를 받고 기뻐하지 않을 여자는 없을 것이다. 나는 이 순간을 붙잡기로 결심했다. 그렇게 마음먹자 몸속 깊은 곳에서부터 용기가 올라왔다.

난 어느 때보다 만족감을 느끼며 평화롭다. 난 가슴을 여는 법을 배울 필요가 있었다. 어떤 결과도 바라지 않고 사랑을 주는 법을 배울 필요가.

나는 옷 안에서 카드를 꺼내들고 돌아서서 계산대를 향해 걸어갔다. 그녀에게 카드를 건네는 순간, 믿을 수 없을 만큼 강하게 살아 있다는 감정과 흥분이 내 마음 속에서 밀려왔다. 거기에 두려움까지. 프리츠 페를스는 두려움이란 '숨 막히는 흥분감'이라고 말한 적이 있다. 하지만 어쨌든 난 해냈다.

그다음이 궁금한가? 그녀는 특별히 감동을 받은 것 같진 않았다. 고맙다고 말하고는 카드를 열어보지도 않은 채 옆에다 내려놓았다. 나는 가슴이 철렁 내려앉았다. 너무도 실망스러웠고, 거부당한 기분이었다. 대놓고 거절하는 것보다 무반응이 더 비참하다는 생각이 들었다.

나는 정중하게 인사를 하고 가게 밖으로 걸어나왔다. 순간 놀라운 일이 일어났다. 갑자기 짜릿한 기분이 들기 시작했다. 큰 만족감이 내 온 존재를 감싸 안았다. 어쨌든 나는 내 마음을 표현했다. 정말 환상적이었다. 나는 두려움을 떨쳐내고 무대 위로 올라간 것이다.

그래, 약간 서투르긴 했다. 하지만 해냈다. 에밋 폭스는 이렇게 말했다.

"떨 수밖에 없다면 떨면서라도 그렇게 하라!"

난 어떤 보상이나 결과도 요구하지 않고 그녀에게 내 마음을 열어 보였다. 꼭 무언가를 받기 위해서가 아니었다. 결과에 집착

하지 않고 내 감정을 있는 그대로 표현한 것이다.

인간 관계에 필요한 역학 한 가지는 바로 이것이다. 자신의 사랑
을 표현하는 일.

이런 흥분된 마음은 곧 잔잔한 기쁨으로 이어졌다. 어느 때보
다도 나 자신에 대해 성취감과 평화로움이 느껴졌다. 난 가슴을
여는 법을 배울 필요가 있었다. 어떤 결과도 요구하지 않고 사랑
을 주는 법을. 이 체험은 그녀와 성공적인 관계를 맺어나가기
위해서만이 아니었다. 오히려 나 자신과의 관계를 깊게 하는 데
필요한 것이었다. 그리고 난 해냈다. 키팅도 나를 자랑스러워했
을 거다. 하지만 무엇보다도 난 나 자신이 자랑스러웠다.

그후로 난 그녀를 자주 보지 못했다. 하지만 그 경험은 내 삶
을 크게 변화시켰다. 그 단순한 사건을 통해 나는 분명히 알게
되었다. 관계에 필요한 역학, 어쩌면 이 세상에 존재하는 데 필
요한 역학이 한 가지 있다면 바로 사랑을 표현하는 일이라고.

우리는 자신이 사랑받지 못할 때 상처 입는다고 믿는다. 그러
나 우리를 상처 입히는 것은 그것이 아니다. 고통은 우리가 사랑
을 주지 않을 때 찾아온다. 우리는 사랑을 주기 위해서 태어난
존재들이다. 신은 우리를 사랑을 주는 구조물로 만들었다.

우리는 누군가에게 사랑을 줄 때 더욱 강해진다. 우리는 다른 사람이 자신을 얼마나 사랑하느냐에 행복이 달려 있다고 믿어 왔다. 그러나 그렇지 않다. 오히려 그런 잘못된 믿음 때문에 많은 문제가 일어난다. 행복은 자신이 얼마나 사랑을 주느냐에 달려 있다. 얼마나 사랑을 받느냐가 아니라, 얼마나 사랑을 주느냐에 말이다.

앨런 코헨

고백

'강력한 경영 마인드'를 주제로 한 세미나에 연사로 초청을 받아 어떤 도시에 갔을 때였다. 강연 전날 세미나를 주최하는 몇몇 사람들에게 저녁 식사 초대를 받았다. 그들은 다음 날 내 강연회에 참석할 청중에 대해서 간단히 이야기해주었다.

빅 에드라는 사람은 누가 봐도 모임의 리더가 틀림없었다. 이름에 걸맞게 큰 체구에다 목소리까지 쩡쩡 울렸다. 저녁을 먹으면서 그는 자신이 세계적인 대기업의 분쟁 해결 담당자라고 소개했다. 그가 하는 일은 그룹 계열사에서 일어나는 각종 분쟁을 해결하고, 책임자를 문책해서 자리를 바꾸는 일이었다.

그는 내게 말했다.

"조 배튼 씨, 난 정말 내일 강연을 기대하고 있소. 모든 친구들이 당신처럼 강력한 마인드를 가진 사람의 이야기에 귀를 기울여야 한다고 믿소. 당신 강연을 듣고 나면 다른 친구들도 내 방식이 잘못되지 않았단 사실을 깨달을 거요."

그렇게 말하면서 그는 내게 윙크를 던지기까지 했다.

난 말없이 미소 지었다. 다음 날 강연이 그의 기대와 정반대가 되리라는 걸 난 알고 있었다.

이튿날 빅 에드는 세미나 내내 무표정하게 앉아 있다가 시간이 다 되자 인사도 없이 가버렸다.

그로부터 3년 뒤, 나는 똑같은 도시에서 비슷한 내용의 세미나 연사로 다시 초청받았다. 청중들도 대부분 예전에 참석했던 사람들이었다. 빅 에드도 다시 만날 수 있었다. 세미나가 시작되고 오전 10시쯤 됐을 때, 빅 에드가 갑자기 자리에서 일어나더니 큰 소리로 말했다.

"배튼 씨, 여기 모인 사람들에게 내 이야길 잠깐 해도 되겠습니까?"

난 미소 지으며 흔쾌히 받아들였다.

"물론입니다. 당신 같이 큰 사람은 언제든지 자기가 하고 싶은 말을 할 수 있지요."

빅 에드는 청중을 향해 말했다.

"여기 모인 여러분들은 나를 잘 알고 있고, 또 몇 사람은 내게 일어난 일을 자세히 알고 있습니다. 하지만 난 여러분 모두에게 나의 경험담을 들려주고 싶습니다. 내 얘길 듣고 나면 배튼 씨도 좋아할 겁니다.

3년 전 이 자리에서 배튼 씨는 각자 진정으로 강한 마인드를 갖기 위해선 우리와 가장 가까운 사람들에게 사랑한다는 말을 할 필요가 있다고 설명했습니다. 난 그때 그런 이야기 따윈 감상적인 친구들이나 하는 거라고 생각했습니다. 그게 강력한 경영 마인드와 무슨 상관이 있지 하는 반발심까지 일었습니다. 배튼 씨는 강함에도 가죽과 같은 강함과 화강암과 같은 강함이 있다고 했습니다. 그리고 진정으로 강한 마음은 가죽처럼 탄력성 있고, 참을성 있고, 자기 훈련이 된 거라고 말했습니다. 하지만 난 사랑이 그것과 무슨 관계가 있는지 이해할 수 없더군요.

그날 밤 거실에서 아내와 함께 마주 앉았는데 자꾸만 배튼 씨가 한 말이 마음에 걸렸습니다. 내가 아내에게 사랑한다고 말하는 데 도대체 무슨 용기 따위가 필요하단 말인가? 누구라도 그렇게 하지 않는가? 하지만 그때 배튼 씨는 사랑한다는 말을 밤에 침대 위에서가 아니라 밝은 대낮에 해야만 한다고 말했습니다.

난 목을 가다듬고 아내한테 사랑한다는 말을 하려다가 도로 거두었습니다. 아내가 날 쳐다보더니 방금 뭐라고 했느냐고 묻더군요. 난 얼른 얼버무렸습니다.

'아, 아무것도 아냐.'

그 순간 난 갑자기 소파에서 벌떡 일어나 아내한테로 다가가, 보고 있던 신문을 걷어치우고는 말했지요.

'앨리스, 당신을 정말로 사랑해.'

순간 아내는 놀란 표정으로 가만히 있더군요. 그러더니 눈에서 눈물이 주르륵 흘러내렸습니다. 아내는 내게 부드러운 목소리로 말했습니다.

'에드, 나도 당신을 사랑해요. 하지만 당신이 이런 식으로 내게 사랑을 고백한 게 무려 25년 만이군요.'

그날 우리 부부는 진정한 사랑이 얼마나 많은 종류의 긴장을 해소하며, 마음의 평화를 가져다주는지 이야기를 나눴습니다.

아내와 대화한 다음 나는 순간적 충동에 이끌려 뉴욕에 살고 있는 큰아들에게 전화를 걸었습니다. 아이가 어렸을 때부터 우린 터놓고 대화를 나눈 적이 별로 없었습니다. 나는 아들이 전화를 받자마자 말했습니다.

'애야, 넌 내가 지금 술에 취했다고 여길지 모르지만 난 술을 한 방울도 입에 대지 않았다. 내가 전화를 건 이유는 너에게 사

랑한다는 말을 하고 싶어서다.'

아들은 잠시 아무 말이 없더니, 나지막이 말했습니다.

'아버지, 저도 아버지가 절 사랑한다는 걸 알고 있었어요. 하지만 이렇게 직접 들으니 정말 기분이 좋군요. 저도 아버질 얼마나 사랑하는지 몰라요.'

우린 웃음과 눈물 속에 많은 이야기를 나눈 다음 전화를 끊었습니다. 난 이어서 샌프란시스코에 사는 막내아들에게 전화를 걸었습니다. 막내아들과는 이전에도 꽤 가까이 지낸 사이였지만, 그 아이에게도 똑같은 고백을 했습니다. 그리고 우린 그동안 전혀 하지 못했던, 애정 넘치는 대화를 나눌 수 있었습니다.

그날 밤 침대에 누워 생각에 잠긴 나는 낮에 배튼 씨가 들려준 이야기가 진정한 기업 경영을 위한 중요성 이상의 의미가 있다는 것을 깨달았습니다. 그리고 강한 마음에 깃들인 사랑을 진정으로 이해하고 연습한다면 직장에서도 적용할 수 있으리라 생각했습니다.

배튼 씨, 그후 난 그 주제를 다룬 책들을 읽기 시작했습니다. 훌륭한 사람들이 쓴, 귀담아들을 이야기들이 참으로 많더군요. 그리고 나는 차츰 가정에서든 직장에서든 사랑을 실천하는 사람이 되었습니다.

여기 참석한 몇몇 친구들도 알다시피 난 이제 사람들과 일하는 방식을 완전히 바꾸었습니다. 전보다 더 많이 사람들의 말에 귀를 기울이며, 사람들의 약점보다 장점을 이해하는 법을 배웠습니다. 사람들에게 자신감을 심어주는 것이 얼마나 즐거운 일인지도 알게 되었고요.

아마도 내게 찾아온 가장 중요한 변화는, 사람들에게 사랑과 존경을 표현하는 가장 좋은 방법은 그들을 신뢰하는 일이라는 사실을 깨달았다는 겁니다.

배튼 씨, 내가 이렇게 이야기를 늘어놓는 건 당신에게 감사하다는 말을 하고 싶어서입니다. 아, 그리고 제게 실제로 일어난 변화를 말씀드리죠. 난 회사의 부회장으로 승진했고, 사람들은 나를 회사의 가장 중요한 책임자라 부릅니다. 좋습니다, 여러분. 제 얘긴 마치고, 배튼 씨의 강연을 계속 듣기로 합시다."

조 배튼

행복은 전염된다

뉴욕에서 지내던 어느 날 나는 친구와 함께 택시를 탔다. 목적지에 도착해서 택시에서 내리는데, 친구가 기사에게 이렇게 말했다.

"차를 태워줘서 고맙습니다. 운전 솜씨가 정말 뛰어나군요. 아주 감탄했습니다."

택시 기사는 잠시 영문을 모르겠다는 듯 친구를 쳐다보다가 퉁명스럽게 물었다.

"당신 지금 날 비웃는 거요, 뭐요?"

친구가 진지한 표정으로 대답했다.

"그렇지 않아요. 전 절대로 당신을 비웃은 게 아닙니다. 이 심각한 교통 체증 속에서도 냉정을 잃지 않는 당신의 운전 태도에 감동받아서 드리는 말씀입니다."

그러자 운전사 얼굴에 미소가 번졌다.

"아, 그래요? 칭찬해줘서 고맙소. 좋은 하루 되시오."

택시가 떠난 뒤 내가 옆구리를 찌르며 물었다.

"대체 무슨 엉뚱한 짓이야?"

그가 대답했다.

"난 뉴욕에 사랑을 되찾아주고 싶어. 이 도시를 구원할 수 있는 길은 그것뿐이라고 믿거든."

난 어이가 없었다.

"혼자서 어떻게 뉴욕을 구원하겠다는 거야?"

그러자 친구가 설명했다.

"나 혼자가 아냐. 난 방금 저 택시 기사를 기분 좋게 해줬어. 그가 하루에 스무 명의 사람을 태운다고 생각해봐. 그는 누군가 자기를 칭찬해주었으니까 스무 명의 사람들한테도 기분 좋게 대할 거야. 이번에는 그 사람들이 자기 회사 직원이나 상점 주인, 혹은 식당 종업원이나 가족에게 친절을 베풀겠지. 이렇게 하면 적어도 천 명의 사람들에게 따뜻함이 전해질 거야. 어때, 나쁘지 않지?"

"하지만 저 택시 기사가 자네의 친절을 다른 사람들에게 전하리라는 걸 어떻게 믿지?"

친구가 말했다.

"난 그런 것은 신경 쓰지 않아. 무슨 일에나 약간의 실패는 따르게 마련이니까. 그래서 난 오늘 열 명의 다른 사람들에게 친절을 베풀 거야. 그중에 세 명 정도가 나 때문에 행복해져도 결국나는 3천 명의 사람들 마음에 변화를 일으키는 셈이 되거든."

난 여전히 부정적이었다.

"논리적으론 그럴듯하지만, 실제로 그런 일이 일어날지 의심이 가는군."

친구가 말했다.

"아무 일도 일어나지 않는다 해도 손해 볼 건 없잖아. 저 사람운전 솜씨를 칭찬한다고 해서 시간을 많이 잡아먹은 것도 아니고 말이야. 그에게 많든 적든 팁을 준 것도 아니야. 들은 체도 안한다고 해도 어때? 난 내일이면 또 다른 택시 기사에게 행복을 주려고 할 텐데."

"자넨 정말 괴짜군."

"그 말은 자네가 얼마나 부정적이 되었는지를 보여줄 뿐이야. 나는 나름대로 연구를 해봤어. 자네도 알다시피 우체국 직원들은 불친절하기로 유명해. 하지만 우체국 직원들에게 부족한 것은 월급이 아니라 아무도 우체국에서 일하는 사람들에게 정말 일을 잘하고 있다고 칭찬해주지 않는다는 거야."

"하지만 우체국 직원들이 정말로 일을 잘하고 있는 것도 아니잖아."

"이유는 자신들이 일을 잘하는지 못하는지 아무도 신경 쓰지 않는다고 느끼기 때문이야. 누군가라도 그들에게 친절한 말을 해주면 왜 안 되지?"

그 무렵 우리는 건물을 짓는 공사장 앞을 지나가고 있었다. 일하는 사람 다섯 명이 점심을 먹고 있었다. 친구는 걸음을 멈추고 그들에게 말했다.

"대단한 일들을 하고 계시는군요. 이건 정말이지 힘들고 위험한 일임이 틀림없어요."

그들은 의심스런 눈초리로 친구를 쳐다보았다. 친구가 물었다.

"건물이 언제 완성되죠?"

한 사람이 퉁명스럽게 대답했다.

"6월."

친구는 신기한 표정으로 말했다.

"아, 그래요? 정말 인상적인 건물이군요. 당신들 모두 대단히 자랑스럽겠어요."

우린 곧 그 자리를 떠났다. 난 친구에게 말했다.

"난 영화 〈라만차에서 온 남자〉의 주인공 이후 자네 같은 사람은 처음 봐."

친구가 말했다.

"저 사람들이 내 말을 천천히 생각해보면 기분이 한결 좋아질 거야. 그들이 행복해하면 그만큼 이 도시는 살기 좋은 곳이 될 테고."

난 친구에게 대들 듯이 말했다.

"하지만 자네 혼자서 뭘 어쩌겠다는 거야? 이렇게 하는 사람은 자네 혼자뿐이잖아."

친구가 말했다.

"가장 중요한 건 용기를 잃지 않는 일이야. 이 도시 사람들을 다시 친절하게 만들기란 결코 쉬운 일이 아니야. 하지만 뜻을 함께하는 친구를 한 사람만 끌어들일 수 있어도 한결 쉬워지지. 안 그런가?"

내가 말했다.

"자넨 방금 그저 평범한 여자에게 윙크를 보냈어."

친구가 대답했다.

"나도 알아. 하지만 만일 저 여자가 학교 선생님이라면, 그녀의 반 학생들에겐 오늘 하루가 환상적인 날이 되지 않겠어?"

아트 버크월드

93

특별한 치료

워싱턴D.C.에서 밤새 비행기를 타고 날아온 나는 피곤한 몸을 이끌고 콜로라도 주 덴버에 있는 마일하이 교회에 도착했다. 그곳에서 세 차례의 강연회와 자기계발 워크숍을 하기로 했다. 안으로 들어가자 프레드 보그트 박사가 다가와 물었다.

"마크 한센 선생님, 혹시 '소원을 이루어주는 단체'를 알고 계십니까?"

난 그렇다고 대답했다. 그러자 보그트 박사가 말했다.

"에이미 그레이엄이라는 소녀가 있는데, 백혈병 말기 환자로, 살아날 가망이 없답니다. '소원을 이루어 주는 단체'에서 에이미에게 사흘간 자유 시간을 주었습니다. 그런데 에이미의 마지막 소원이 당신 강연회에 참석하는 일이라는군요."

　나는 매우 놀랐다. 한편으로는 감격스럽기도 하고, 다른 한편
으로는 이해가 가지 않았다. 죽음을 앞둔 아이라면 당연히 디즈
니랜드에 가고 싶어하거나 실베스터 스탤론이나 아널드 슈워제
네거 같은 배우를 만나고 싶어할 거라 생각했다. 인생에서 마지
막 남은 소중한 시간을 마크 빅터 한센의 이야기를 들으며 보내
고 싶어 할 아이가 있을 리 없다. 살 날이 며칠 남지 않은 소녀가
무엇 때문에 자기계발 강사의 이야기를 듣고 싶어 하겠는가.

　내가 그런 생각을 하고 있을 때였다. 보그트 박사가 한 소녀의
연약한 손을 내 손에 쥐여주며 말했다.

　"이 소녀가 바로 에이미 그레이엄입니다."

　내 앞에는 밝은 오렌지색 터번을 머리에 두른 열일곱 살 소녀가
서 있었다. 오랜 기간에 걸친 화학 요법 치료로 인해 머리가 다 빠
진 것이다. 소녀의 허약한 몸은 쓰러질 듯 앞으로 굽어 있었다.

　에이미는 내게 말했다.

　"제 두 가지 목표는 고등학교를 졸업하는 것과 선생님의 강연
회에 참석하는 일이었어요. 의사들은 제가 둘 다 할 수 없을 거
라고 말했어요. 제게 그럴 만한 기운이 남아 있지 않다는 거죠.
하지만 전 부모님의 부축을 받으며 이곳까지 왔어요. 이분들이
우리 엄마 아빠예요."

나도 모르게 눈물이 글썽거렸다. 난 그만 목이 메어 무슨 말을 해야 할지도 몰랐다. 살 날이 얼마 남지 않은 한 소녀가 날 감동시킨 것이다.

나는 애써 미소를 지으며 에이미에게 말했다.

"너와 네 부모님은 모두 나의 손님들이야. 이렇게 와줘서 정말 고맙다."

우리는 서로 포옹을 하고, 손수건으로 눈 주위를 두드리면서 헤어졌다. 나는 그동안 미국과 캐나다, 말레이시아, 뉴질랜드, 오스트레일리아 등에서 열린 수많은 치료 세미나에 참석해왔다. 뛰어난 치료사들의 작업을 직접 목격했고, 그것을 어떻게 실현할 수 있는지를 공부하고, 연구하고, 듣고, 질문을 던지며 연구해왔다.

그날 일요일 오후, 에이미와 부모가 세미나에 참석했다. 배움과 성장을 통해 진정한 인간이 되기를 바라는 천 명이 넘는 청중들이 교회를 꽉 메웠다.

나는 청중에게 진지하게 질문했다. 혹시, 생명의 신비를 체험할 수 있도록 치료 과정을 경험해볼 생각이 있느냐고. 내 질문이 떨어지기가 무섭게 청중들은 동시에 손을 들었다. 모두가 그것을 원하고 있었다.

나는 청중에게 두 손바닥을 힘껏 비비고 5센티미터 정도 떨어

뜨린 다음에 치유의 기를 느끼는 법을 가르쳐주었다. 그다음에
는 두 사람씩 짝을 지어서 서로에게 치유의 기를 전달하고 또 느
끼게 했다.

나는 연단에 서서 말했다.

"병을 치료받길 원하는 사람은 바로 이 순간 다른 사람들에게
치유의 기를 전달받으십시오."

청중들은 생명의 기운 속에서 일체감을 느꼈다. 그것은 실로
환희의 느낌이었다. 나는 모든 사람이 몸속에 기와 기로 치료할
수 있는 능력을 갖고 있다고 설명했다. 우리들 가운데 5퍼센트
는 그 기를 손바닥을 통해 강력하게 전달할 수 있는 힘을 갖고
있으며, 노력하면 누구나 그렇게 할 수 있다.

나는 마침내 청중에게 말했다.

"여러분, 오늘 아침 저는 에이미 그레이엄이라는 열일곱 살 소
녀를 소개받았습니다. 에이미는 백혈병에 걸려 살 날이 며칠 남
지 않았습니다. 소녀의 마지막 소원이 이 세미나에 참석하는 일
이었습니다. 이 단상 위로 에이미를 초대하고 싶습니다. 여러분
모두 에이미에게 치유와 생명의 기를 보내주십시오. 어쩌면 우
리가 도울 수 있을지도 모릅니다. 에이미는 제게 이런 부탁을 하
지 않았습니다. 저는 그저 이렇게 하는 것이 옳다고 느끼기에 여
러분에게 부탁하는 것입니다."

그러자 청중들은 다 같이 외쳤다.

"좋아요, 좋아요."

에이미의 아버지가 그녀를 단상으로 데리고 올라왔다. 에이미는 혹독한 화학 요법 치료와 오랜 투병, 그리고 극심한 운동 부족으로 몸이 약할 대로 약해져 있었다. 의사들은 그녀가 이 세미나에 오기 전 2주일 동안 한 발짝도 걸어다니지 못하게 했다.

나는 청중들에게 손바닥을 문지른 다음 에이미에게 치유의 기를 보내달라고 부탁했다. 청중들은 두 팔을 들어 올려 순수한 마음으로 에이미에게 기를 보내기 시작했다. 에이미는 단상에 선 채로 감사의 눈물을 흘렸다. 청중들은 모두 기립 박수를 쳤다.

그로부터 2주일 뒤, 에이미가 내게 전화를 걸었다. 병이 차도를 보이자 담당 의사가 그녀를 퇴원시킨 것이다.

2년 뒤 에이미는 내게 전화를 걸어서 자신의 결혼 소식을 알렸다.

나는 에이미 그레이엄과의 만남을 통해서 우리 모두가 갖고 있는 치유의 기를 다시금 인식하게 되었다. 그것은 선한 목적에 쓰이기 위해 언제나 기다리고 있다. 우리는 그저 그 존재를 기억하고 사용하면 되는 것이다.

마크 빅터 한센

난 당신을 알아요

스탠 데일은 우리와 가까운 친구 중에 하나이다. 그는 '섹스, 사랑, 그리고 친밀감'이라는 제목의 세미나에서 사랑과 관계에 대해 가르친다. 몇 해 전, 스탠은 러시아 사람들의 생활상을 알아보기 위해 스물아홉 명의 사람들을 이끌고 2주 동안 러시아를 방문했다. 스탠은 여행이 끝난 뒤, 자기의 경험담을 뉴스레터에 실었다. 우리는 그가 전하는 이야기에 깊은 감동을 받았다. 그의 경험담을 여기에 옮겨 적는다.

하르코프의 공업 도시에 있는 공원을 산책하던 중 나는 제2차 세계대전에 참전한 늙은 러시아 용사를 만났다. 참전용사들은 늘 옷깃에 훈장과 메달을 자랑스럽게 매달고 있었기 때문에 그들을 쉽게 알아볼 수 있었다. 그들의 이런 행동을 자만이라고 보기는 어렵다. 그것은 조국을 구하는 데 공헌을 세운 사람에게 존경을 표하는 러시아의 방식일 뿐이다. 나치 독일군에 의해서 무려 2천만 명의 러시아인이 학살당한 것을 우리는 기억할 필요가 있다.

난 아내와 함께 벤치에 앉아 있는 노인에게 다가가 다정하게 인사를 건넸다.

"드루즈바, 에미르!"

그것은 '우정과 평화'라는 뜻의 러시아어였다. 그러자 노인은 믿을 수 없다는 눈으로 날 바라보며 내가 내미는 배지를 받아들었다. 우리가 이번 방문을 위해 특별히 제작한 배지였다. 배지 안에는 서로 맞잡은 두 손에 미국 지도와 러시아 지도가 그려져 있고 그 위에 러시아어로 '우정'이란 단어가 적혀 있었다.

그는 배지를 한참 들여다보더니 놀란 눈으로 물었다.

"아메리칸스키(미국인)?"

내가 대답했다.

"다, 아메리칸스키. 드루즈바, 에미르(네, 미국인입니다. 우정과 평화)!"

그러자 노인은 마치 우리가 오랫동안 헤어져 있던 형제이기나 한 듯이 내 손을 덥석 잡았다. 그러고는 또다시 외쳤다.

"아메리칸스키!"

그의 목소리에 애정과 반가움이 가득 깃들어 있었다. 노인과 그의 아내는 러시아 말을 쏟아놓기 시작했다. 그들은 내가 말을 알아들으리라 생각했다. 나 또한 그들이 다 이해하리라 믿고 영어로 말하기 시작했다. 그렇게 우린 서로의 언어로 몇 분 동안이나 이야기를 나눴다. 사실은 어땠는지 아는가? 우리는 서로의 말을 전혀 알아듣지 못했다. 그럼에도 불구하고 서로를 충분히 이해할 수 있었다. 언어는 중요하지 않다. 우린 껴안고, 웃고, 눈물을 흘리기도 하면서 계속해서 이렇게 말했다.

"드루즈바, 에미르, 아메리칸스키!"

"당신들을 사랑합니다. 당신들의 나라에 온 것이 자랑스러워요. 우린 전쟁을 원치 않아요. 난 당신들을 사랑해요!"

마침내 5분에 걸쳐 우린 서로 작별 인사를 주고받았다. 그러고 나서 우리 일행들과 함께 그 자리를 떠났다. 15분쯤 뒤, 우리가 꽤 먼 거리까지 걸어갔을 때 아까 공원에서 만난 노인이 우리를 쫓아왔다. 그는 숨을 헐떡이며 나를 불러 세우더니 자신의 앞가슴에 달고 있던 레닌 훈장을 떼어 내 윗옷 가슴에 달아주었다. 자신에게 가장 소중한 재산임이 틀림없었다. 그런데도 그는 그것을 내게 선물한 것이다.

그런 다음 노인은 내 입술에 키스를 하고는 내가 여태껏 경험한 적이 없는 가상 부드럽고 따뜻한 손길로 나를 껴안았다. 우리 둘 다 눈물로 얼굴을 적셨다. 우린 아주 오랫동안 서로의 눈을 바라본 다음에 아쉬운 작별 인사를 했다.

"도스베다니야(잘 가시오)!"

이 일화는 우리가 '시민사절단'으로 러시아를 여행하는 동안 일어난 수많은 감동적인 일 중 하나에 지나지 않는다. 날마다 우리는 공식적인 자리든 비공식적인 자리든 온갖 장소에서 수많은 사람들을 만났고, 그들과 감동에 찬 포옹을 했다. 누구든지 한번 만나기만 하면 서로에 대한 편견이 눈 녹듯이 사라졌다.

우리는 학교 세 군데를 방문했다. 수백 명의 학생들은 이제 우리가 그들에게 핵무기를 쏠 사람들이 아님을 알게 되었다. 우리는 다양한 나이대의 아이들과 함께 춤추고, 노래하고, 게임을 즐겼다. 그다음 서로를 껴안고, 입을 맞추고, 선물을 교환했다. 아이들은 우리에게 꽃과 과자, 기념배지, 자신들이 그린 그림, 인형 등을 선물했다. 하지만 무엇보다 중요한 선물은 아이들이 우리를 향해 연 따뜻한 마음이었다.

우리는 두세 차례나 결혼식 파티에 초대받았다. 그들은 혈연관계에 있는 어떤 가족보다도 더 따뜻하고 정성 어린 대접을 받았다. 우린 신랑 신부뿐만 아니라 그들의 부모, 가족 모두와 포옹을 하고, 입을 맞추고, 춤을 추면서 샴페인과 보드카를 마셨다.

쿠르스크에서는 일곱 가정이 자발적으로 우리를 초대해 훌륭한 저녁 식사와 음료수를 대접했다. 네 시간이 넘도록 이야기를 나눴지만 누구도 헤어지고 싶어하지 않았다. 우리 일행은 이제 완전히 러시아의 새로운 가족이 되었다.

다음 날 밤 우리는 '우리의 새로운 가족'을 호텔로 초대했다. 자정이 넘을 무렵까지 음악이 흘렀고, 우린 또다시 먹고 마시고 춤추고 이야기를 나눴다. 그리고 작별 인사를 하면서 모두가 눈물을 쏟았다. 우린 실제로 온갖 종류의 춤을 추었다. 마치 열정적인 사랑에 빠진 연인들 같았고, 실제로 그렇기도 했다.

우리가 경험한 감동적인 사건들은 끝없이 많다. 하지만 아무리 설명해도 그때 받은 감동을 당신에게 다 전달하긴 어려울 것이다. 당신이 모스크바의 호텔에 도착했는데 미하일 고르바초프가 주말에 당신을 만나려고 했는데 출장 때문에 만나지 못하게 되어 미안하다는 쪽지와 함께, 그 대신 정부 관리들과 두 시간 동안 토론할 기회를 마련했다고 전하는 전화 메모를 보냈다고 생각해보라. 우리는 그들을 만나 거의 모든 주제에 대해 대단히 솔직하게 대화를 나눴다. 심지어 섹스에 대한 토론도 주고받았다.

바부슈카(여성들이 머리에 쓰는 스카프)를 쓴 열 명 남짓한 나이든 여성들이 아파트 계단을 내려와 당신을 껴안고 볼에 입을 맞춘다면 기분이 어떻겠는가? 여행 가이드인 타냐와 나타샤가 당신들과 깊은 인상적인 사람들은 처음 만나본다고 말한다면 당신의 기분이 어떻겠는가? 결국 러시아를 떠날 때 서른 명 모두가 눈물을 쏟아야만 했다. 이 멋진 두 여성과 우리 모두가 사랑에 빠졌기 때문이다. 사랑에 빠지긴 그들도 마찬가지였다. 이런 경우라면 당신은 기분이 어떻겠는가? 아마도 우리와 똑같은 기분이었을 것이다.

물론 우리들 각자 자신만의 독특한 체험을 하고 왔다. 하지만 모두 공통적으로 느낀 한 가지가 있다. 우리가 이 지구에서 평화를 유지하는 유일한 길은 전 세계 모든 사람을 '우리의 가족'으로 받아들이는 일이다. 서로를 껴안고, 입을 맞추는 일이다. 그리고 함께 앉아 얘길 나누고, 함께 걷고, 함께 눈물을 흘리는 일이다.

그렇게 할 때 우리는 모든 인간이 진정으로 아름답다는 사실을 볼 수 있다. 우린 서로를 너무도 완벽하게 보완하는 존재들이며, 서로가 없으면 그만큼 가난한 존재일 수밖에 없다.

"난 당신을 알아요. 당신은 나와 똑같은, 한 사람의 인간이에요!"

이 말은 곧 이런 뜻이다.

"당신은 내 가족이나 마찬가지예요. 어떤 일이 있어도 난 당신 곁에 있을 거예요."

스탠 데일

껴안는 판사

리 샤피로 판사는 정년퇴직을 했다. 그는 우리가 아는 가장 인정 많은 사람이다.

판사 시절에 리는 사랑이야말로 가장 강한 힘이라는 사실을 깨닫게 되었다. 그 결과 리는 껴안는 판사가 되었다. 그는 만나는 모든 사람과 포옹을 하기 시작했다.

동료 판사들은 그에게 '교수형 내리는 판사Hanging Judge' 대신 '껴안는 판사Hugging Judge'라는 별명을 붙여주었다. 자동차 범퍼에는 이런 내용의 스티커를 붙이고 다녔다.

"날 들이박지 말고, 껴안아줘요!"

어섯 해 전에 리는 특별한 작은 상자 하나를 만들었다. 상자 안에는 하트 모양의 붉은색 스티커 서른 장이 들어 있었다. 리는 이것을 들고 다니면서 사람들과 껴안을 때마다 하트 모양 스티커를 한 장씩 옷깃에 붙여주었다.

리는 이 일로 유명해져 컨퍼런스나 컨벤션의 기조연설에 자주 초대받았다. 그곳에서도 그는 조건 없는 사랑의 메시지를 전하는 데 열정을 바쳤다. 한번은 샌프란시스코에서 열린 컨퍼런스에서 지역 언론이 리에게 도전장을 냈다. 프로그램 제작진은 말했다.

"자기 의지로 컨퍼런스에 참석한 사람들을 껴안기란 쉽소. 하지만 현실 세계에선 불가능에 가까운 일이오."

그들은 리로 하여금 샌프란시스코 거리를 오가는 사람들을 껴안는 실험을 하게 했다. 지역 뉴스 프로그램의 촬영팀과 함께 그는 거리로 나갔다.

맨 먼저 그는 앞에서 걸어오는 여성에게 다가갔다.

"안녕하시오. 난 껴안는 판사 리 샤피로라고 합니다. 당신을 껴안고 싶소. 그리고 이 하트 스티커를 드리겠소."

여성은 선뜻 받아들였다.

"좋아요."

방송 진행자가 놀라서 말했다.

"너무 쉽군요."

리는 주위를 둘러보았다. 근처에 주차 위반을 단속하는 여성 경찰관이 딱지를 받은 BMW 운전자에게 거센 항의를 받고 있었다. 리는 그곳으로 걸어갔다. 카메라가 그 뒤를 따랐다.

리는 경찰관에게 말했다.

"내가 보기에 당신도 껴안을 줄 아는 사람이오. 난 껴안는 판사인데 당신을 껴안고 싶소."

경찰관은 미소를 지으며 제안을 받아들였다.

진행자는 마지막으로 하나 더 요구했다.

"저길 보시오. 버스 한 대가 오고 있소. 샌프란시스코 버스 운전사들은 이 도시에서 가장 거칠고 심술궂고 성질이 고약한 사람들로 알려져 있소. 당신이 저 운전사를 껴안을 수 있는지 어디한번 봅시다."

리는 도전을 받아들였다. 버스가 정류장에 서자 다가가서 말했다.

"안녕하시오. 난 리 샤피로란 사람이오. 다들 껴안는 판사라고부르지요. 당신의 직업은 아마 이 세상에서 가장 스트레스를 많이 받는 직업일 거요. 난 오늘 사람들이 지닌 마음의 짐을 약간이나마 덜어주기 위해 껴안는 일을 하고 있소. 당신도 나와 한번껴안아 보겠소?"

키기 185센티미터에다가 체중이 1백 킬로그램이 넘는 운전사는 성큼 운전석에서 내려오더니 리에게 다가가 말했다.

"못 할 거 없지요."

리는 그를 껴안은 다음 옷에 스티커를 붙여주었다. 그러고는 떠나가는 버스를 향해 손을 흔들었다. 방송국 직원들은 할 말을 잃었다. 마침내 진행자가 말했다.

"인정할 수밖에 없군요. 매우 깊이 감명 받았습니다."

하루는 친구인 낸시 존스턴이 리를 찾아왔다. 낸시는 피에로 역을 맡은 연극배우로 그날도 피에로 의상에다 분장까지 하고 나타났다.

"리, 당신의 하트 스티커 상자를 들고 빨리 나와요. 장애인들을 위한 집으로 함께 갑시다."

장애인들을 위한 집에 도착한 두 사람은 풍선 모자와 하트 스티커를 나눠주면서 환자들 한 사람씩 포옹을 나눴다. 하지만 리는 그다지 마음이 편치 않았다. 지금까지 그는 불치병에 걸린 사람이나 정신지체, 전신마비 환자와 한 번도 포옹을 해보지 않았다. 그것은 무척 긴장되는 일이었다. 그러나 차츰 익숙해진 낸시와 리는 여러 명의 의사와 간호사, 조수들과 병동에서 병동으로 옮겨가며 환자들과 계속해서 껴안았다.

두세 시간쯤 지나 그들은 마지막 병동으로 들어갔다. 거기에는 리가 평생 봐온 사람들 중에 가장 끔찍한 병을 앓고 있는 환자 서른네 명이 있었다.

리는 그들을 보자마자 소름이 돋아 껴안을 마음이 잠시 사라졌다. 그러나 사랑을 나눈다는 신념으로 그와 낸시는 의료진들을 데리고 방 안을 돌며 한 사람씩 껴안기 시작했다. 이제 모든 환자가 옷깃에 하트 스티커를 붙이고 머리엔 풍선 모자를 썼다.

마침내 리는 병동의 마지막 환자인 레너드에게 다가갔다. 레너드는 침을 너무 많이 흘려서 커다란 턱받이를 하고 있었다. 리는 침이 뚝뚝 떨어지는 레너드를 바라보고 나서 낸시에게 말했다.

"그만 갑시다, 낸시. 아무리 그래도 이 친구를 껴안을 수 없을 거 같소."

낸시가 말했다.

"어서요, 리. 저 친구도 소중한 한 사람이에요. 안 그래요?"

낸시는 재미있게 생긴 풍선 모자를 레너드의 머리에 씌워주었다. 리는 붉은색 하트 스티커 한 장을 꺼내 레너드의 턱받이에 붙여주었다. 그리고 심호흡을 한 번 한 다음에 몸을 기울여 레너드를 껴안았다.

갑자기 레너드가 끽끽거리며 비명을 내지르기 시작했다.

"어어어어어! 어어어어어!"

그러자 실내에 있던 환자들 모두가 소리를 지르며 물건들을 두드리기 시작했다. 리는 영문을 몰라 의료진을 돌아보았다. 그런데 의사와 간호사, 조수 모두가 눈물을 글썽이고 있었다. 리가 수간호사에게 물었다.

"무슨 일입니까?"

리는 수간호사가 해준 말을 결코 잊지 못할 것이다.

"우리가 레너드의 웃음소리를 들은 것은 23년 만에 처음 있는 일입니다."

다른 사람의 삶에 변화를 가져다준다는 것은 얼마나 간단한 일인가.

잭 캔필드 · 마크 빅터 한센

기적의 약

살기 위해서 우리는 하루에 네 번의 포옹이 필요하다. 계속 살아
가기 위해서는 하루에 여덟 번의 포옹이 필요하다. 그리고 성장
을 위해서 열두 번의 포옹이 필요하다.

버지니아 사티어

우리는 워크숍이나 세미나에서 사람들에게 늘 서로 껴안으라
고 가르친다. 그러면 대부분의 사람들은 이렇게 말한다.
　"하지만 우리가 직장에서 서로를 껴안을 순 없잖아요."
　정말로 그렇다고 생각하는가? 여기 우리 세미나에 참석했던
사람들이 보낸 편지를 소개한다.

잭 캔필드 선생님께

난 오늘 약간 우울한 기분으로 하루를 시작했습니다. 그런데 친구인 로잘린드가 다가오더니 사람들을 껴안아주고 있느냐고 묻더군요. 난 가뜩이나 우울한데 그런 충고를 들으니 더 죽을 맛이었습니다. 지난 일주일 동안 당신이 우리들에게 나눠 준 〈세미나의 내용을 실천하는 법〉이란 소책자를 가끔 읽어보긴 했지요. 하지만 그때마다 일터에서 사람들과 포옹을 주고받는다는 것이 상상이 안 돼 용기를 낼 수가 없었습니다.

난 문득 오늘을 '껴안는 날'로 만들어야겠다고 결심했습니다. 그래서 계산대에 손님이 오면, 모두 한 번씩 껴안았습니다. 사람들이 얼마나 좋아하는지 놀랄 정도였어요.

한 대학생은 계산대 위로 뛰어올라와 춤까지 추었습니다. 실제로 어떤 사람들은 가다가 말고 되돌아와 다시 한 번 껴안자고 청하기도 했습니다. 복사기 회사의 직원 두 명은 서로에게 무관심한 채로 물건을 사러 왔다가 계산대를 통과한 다음에는 갑자기 서로 웃으며 즐거운 대화를 시작하는 것이었습니다.

난 하루 종일 동네 사람 모두를 껴안은 기분이었습니다. 아침에는 무엇 때문에 내 기분이 우울했는지 몰라도 신체적인 고통을 포함해 모든 우울증이 다 사라져버렸습니다. 편지가 길어져서 죄송합니다. 하지만 너무 흥분이 되어서요.

더욱 굉장했던 것은 계산대 앞에서 열 명이 넘는 사람들이 돌아가며 서로를 껴안은 일입니다. 정말 믿어지지 않는 일이었습니다.

패멀라 로저스로부터

추신: 집으로 돌아오는 길에 난 37번가에서 만난 한 경찰관을 껴안아주었습니다. 그러자 그가 말하더군요. "와! 아무도 경찰관을 껴안아주지 않는데! 혹시 내가 돌아서면 나한테 무언가 집어던지려는 건 아니겠죠?"

또 다른 세미나 참석자도 다음과 같이 포옹에 대한 전문가의 의견을 보내주었다.

포옹은 건강한 것이다. 포옹은 신체의 면역 체계에 도움을 주고, 건강을 지켜주며, 우울증을 치료한다. 스트레스를 줄이고, 잠잘 때 숙면을 도와주며, 일상의 활기를 북돋아준다. 또한 젊음을 회복시킨다. 불쾌한 부작용이 전혀 없기 때문에 포옹은 기적의 약과도 같다.

포옹은 또한 자연 그대로의 것이다. 그것은 유기농법과 같이 농약이나 방부제가 섞여 있지 않다. 인위적인 성분이 전혀 가미되지 않은 백 퍼센트 건강에 좋은 음식과도 같다.

포옹은 현실적으로도 완벽하다. 다른 부속품이 필요 없으며, 건전지를 바꿔 넣을 필요도 없고, 정기 점검도 필요하지 않다. 작은 에너지를 들여 큰 에너지를 얻을 수 있다. 인플레나 비만 걱정을 할 필요도 없고, 월세를 낼 필요도 없으며, 보험에 들거나 방범 장치를 할 필요도 없다. 세금 낼 필요도 없고, 공해 걱정도 없다. 또한 언제나 교환할 수 있다.

작자 미상

잭 캔필드

랍비와 마부

몹시 추운 날 저녁에, 랍비 울프는 축제일을 맞이해 마차를 타고 초대받은 집으로 갔다. 손님들과 잠시 시간을 보낸 랍비는 마부가 기다리고 있는 바깥으로 나와서 말했다.

"여보시오, 마부 양반. 집 안으로 들어가서 몸을 좀 녹이시오."

마부는 추워서 두 팔로 몸을 비비며 제자리뛰기를 하면서 대답했다.

"아닙니다, 랍비님. 말들을 내버려 두고 혼자서 안에 들어갈 순 없지요."

그러자 랍비 울프가 말했다.

"말들은 내가 돌볼 테니 당신은 안으로 들어가서 몸을 녹인 다음에 나랑 교대하면 되지 않소."

마부는 몇 번이나 사양하다가 마침내 랍비에게 말들을 맡기고 집 안으로 들어갔다. 그곳에 모인 사람들 모두 신분을 차별하지 않았으며, 주인에게 초대를 받았든 안 받았든 상관없이 다들 즐겁게 음식을 나눠 먹고 술을 마셨다.

술을 열 잔쯤 얻어 마신 마부는 바깥에서 기다리고 있는 랍비와 말은 까맣게 잊어버렸다. 그렇게 몇 시간이 흘렀다. 잔치에 초대받은 사람들은 랍비의 모습이 보이지 않자 뭔가 급한 볼일이 있어서 떠난 모양이라고 생각했다.

한참 뒤에 몇몇 손님들이 먼저 자리에서 일어났다. 그들이 밖으로 나와보니 이미 어두운 밤중이 되었는데도 랍비 울프가 마차 앞에서 두 팔로 몸을 비비며 제자리뛰기를 하고 있었다.

마르틴 부버

지금 그대로의 나

미국의 생리학자이며 시인이었던 올리버 웬들 홈스가
어떤 모임에 참석했다. 그는 참석자들 중에서 키가 가장 작았다.
한 사람이 빈정거리며 말했다.
"홈스 박사님, 우리처럼 큰 사람들 사이에 있으니
자신이 더 작게 느껴지겠군요."
홈스가 말했다.
"그렇습니다. 10원짜리들 사이에 있는
50원짜리 동전처럼 느껴지는군요."

작자 미상

황금 부처

여기 나의 비밀이 있다. 매우 단순한 비밀이다. 인간은 마음을 통해서만 올바르게 볼 수 있다는 것이다. 본질적인 것은 눈에 보이지 않기 때문이다.

앙투안 드 생텍쥐페리

1988년 가을, 나는 아내 조지아와 함께 홍콩에서 열리는 컨퍼런스에 자기계발 강연을 해달라는 초대를 받았다. 그때까지 한 번도 동아시아 지역을 여행할 기회가 없었던 터라, 강연을 마친 우리는 여행을 더 하기로 결정하고 태국으로 향했다.

방콕에 도착한 우리는 그 도시에서 가장 유명하다는 불교 사원들을 구경하러 시내 관광길에 올랐다. 그날 조지아와 나는 통역사와 운전사를 대동하고 수많은 사원들을 방문했지만 모두 엇비슷한 모습이어서 기억에 남는 것이 그다지 많지 않았다.

그러나 한 사원만은 우리의 가슴 속에 지울 수 없는 인상을 남겼다. '황금 부처의 사원'이라고 널리 알려진 곳이었다.

사원 자체는 아주 작아서 넓이가 사방 10미터도 채 되지 않았다. 그러나 막상 사원 안으로 들어간 우리는 높이 4.5미터에 달하는 거대한 황금 불상에 완전히 압도되었다. 무게만 해도 2.5톤이 넘었고, 미국 화폐로 1억 9천 6백만 달러에 해당하는 값어치를 지닌 불상이었다. 정말 장엄하기 이를 데 없는 불상이었다. 부드럽지만 위엄 있는 인상의 황금 부처가 우리를 내려다보며 미소 짓고 있었다.

우리는 사진을 찍고 불상에 대해 감탄사를 연발하면서 남들이 하듯이 사원 여기저기를 구경했다. 그러다 나는 우연히 한 유리 상자 안에 보관되어 있는 두께 20센티미터, 폭 30센티미터 정도의 커다란 진흙 조각을 발견했다. 유리 상자 옆에는 이 장엄한 예술품의 역사에 대한 설명문이 적혀 있었다. 내용은 다음과 같았다.

1957년, 승려들은 자신들의 사원에 모셔진 점토로 만든 불상을 새로운 장소로 옮기려 했다. 방콕을 통과하는 고속도로 공사 때문에 사원의 위치를 옮겨야 했던 것이다.

크레인을 동원해서 거대한 불상을 들어 올리는 순간, 엄청난 무게로 인해 불상에 금이 가기 시작했다. 게다가 비까지 내리기 시작했다. 신성한 불상이 부서질까 염려한 주지 스님은 불상을 다시 바닥에 내려놓으라 하고는 비에 젖지 않도록 큰 방수천을 씌워놓았다.

그날 저녁 늦게 주지스님은 불상을 점검하러 갔다. 그는 불상이 비에 젖지 않는지 살피기 위해 방수천을 젖히고 안에다 손전등을 비췄다. 그런데 불빛이 불상의 금이 간 지점을 비추자 희미한 빛이 반사되어 나오는 것이었다. 이상하게 여긴 주지 스님은 반사된 빛을 자세히 살펴보았다. 아무래도 불상 안에 무엇인가 들어 있는 것 같았다.

주지 스님은 사원에서 끌과 망치를 가져다가 점토를 파헤치기 시작했다. 점토층을 걷어낼수록 안에서 새어나오는 빛이 더 밝아지고 더 강해졌다. 여러 시간의 작업 끝에 마침내 그는 황금으로 만들어진 거대한 불상과 마주 서게 되었다.

역사가들의 해석에 따르면 주지 스님이 황금 불상을 발견하기 수백 년 전에 미얀마가 태국(당시에는 시암 왕조)을 침략한 적이 있었다. 시암 왕조의 승려들은 나라가 위태로운 걸 깨닫고 자신들이 소중히 여기는 황금 불상에 진흙을 입히기 시작했다. 미얀마 군대에 빼앗기지 않기 위해서였다. 불행히도 미얀마 군대는 시암 왕조의 승려들을 한 명도 남기지 않고 모두 죽였다. 그 결과 황금 불상의 비밀은 영원히 수수께끼로 남아 있다가 1957년에야 우연히 세상에 밝혀지게 된 것이다.

캐세이퍼시픽 항공사 비행기를 타고 미국으로 돌아오면서 나는 혼자 깊은 생각에 잠겼다.

'우리 모두는 진흙 불상과 같다. 우리는 두려움 때문에 온갖 딱딱한 점토로 자신을 감추고 있다. 그러나 우리들 내부에는 황금 부처, 황금 그리스도, 즉 황금으로 만들어진 본질이 숨어 있으며, 그것이 바로 우리들 자신의 진정한 모습이다. 삶을 살아가면서 어느 순간부터, 두 살과 아홉 살 사이의 그 어느 순간부터 우리는 자신의 황금 본질, 본래 모습을 진흙으로 감추기 시작한다. 끌과 망치로 그것을 걷어낸 승려처럼 이제 우리가 할 일은 다시금 우리의 진정한 본질을 되찾는 일이다.'

잭 캔필드

무덤 앞에서

다음은 웨스트민스터 대성당의 지하 묘지에 있는 한 영국 성공회 주교의 무덤 앞에 적혀 있는 글이다.

내가 젊고 자유로워서 상상력에 한계가 없을 때, 나는 세상을 변화시키겠다는 꿈을 가졌었다. 더 나이가 들고 지혜를 얻었을 때 나는 세상이 변하지 않으리라는 사실을 알았다. 그래서 시야를 약간 좁혀 내가 살고 있는 나라를 변화시키겠다고 결심했다.

그러나 그것 역시 불가능한 일이었다.

인생의 황혼을 맞이했을 때 나는 마지막 시도로, 나와 가장 가까운 내 가족을 변화시키겠다고 마음을 정했다. 그러나 아무도 달라지지 않았다.

이제 죽음을 맞이하기 위해 누운 자리에서 나는 문득 깨닫는다. 만일 내가 나 자신을 먼저 변화시켰더라면, 그것을 보고 내 가족이 변했으리라는 것을.

또한 그것에 용기를 얻어 내가 사는 나라를 더 좋은 곳으로 바꿀 수 있었으리라는 것을. 그리고 누가 아는가, 세상까지도 변화시켰을지!

작자 미상

진실만을 말할 것

〈댈러스 모닝 뉴스〉의 편집국장 데이비드 캐스티븐스가 들려준 이야기다.

1940년대 노터데임 미식축구팀의 센터를 맡고 있던 프랭크 지만스키가 사우스벤드에서 열린 민사소송 법정에 참고인으로 불려간 적이 있었다.

판사가 물었다.

"당신은 올해 노터데임 미식축구팀 선수로 출전했습니까?"

지만스키가 대답했다.

"네, 재판관님."

판사가 다시 물었다.

"포지션이 뭐였소?"

"센터를 맡았습니다, 재판관님."

판사가 흥미를 보이며 물었다.

"그래, 당신 스스로 생각하기에 어느 정도의 실력을 갖춘 센터라고 생각하시오?"

지만스키는 잠시 머뭇거리다가 단호하게 말했다.

"재판관님, 전 노터데임 팀 역대 센터들 중에서 가장 뛰어난 센터입니다."

법정에서 지켜보던 프랭크 레이히 감독은 그 말을 듣고 깜짝 놀랐다. 지만스키는 언제나 겸손했으며, 잘난 체와는 거리가 먼 선수였기 때문이었다. 그런데 자신의 입으로 역대 선수들 중 가장 뛰어난 센터라고 말하니 놀라지 않을 수 없었다.

재판이 끝나자 감독은 지만스키를 한쪽으로 불러 왜 그렇게 말했는지 물었다. 지만스키는 얼굴을 붉히며 말했다.

"전 그렇게 하고 싶지 않았습니다, 감독님. 하지만 진실만을 말하기로 선서했으니, 어쩔 도리가 없었어요."

마크 빅터 한센

대단한 꼬마

한 꼬마가 야구 모자를 쓰고 야구공과 야구 방망이를 들고서 운동장으로 걸어갔다. 꼬마는 자랑스러운 표정으로 중얼거렸다.

"난 세상에서 가장 뛰어난 야구 선수야."

그런 다음 꼬마는 공을 공중으로 던져 올리고서 온 힘을 다해 야구 방망이를 휘둘렀다. 그런데 그만 공을 놓쳤다. 그래도 기가 죽지 않고 꼬마는 또다시 공을 던져 올리며 소리쳤다.

"난 세상에서 가장 위대한 선수야!"

불행히도 또다시 헛치고 말았다. 공은 땅바닥에 굴러 떨어졌다. 꼬마는 잠시 동작을 멈추고 서서 공과 방망이를 자세히 살펴보았다. 그러고 나서 한 번 더 공을 던져 올리며 소리쳤다.

"난 야구 역사상 최고의 선수야!"

꼬마는 힘껏 방망이를 휘둘렀지만 또다시 빗나가고 말았다. 그러자 꼬마는 감격한 목소리로 말했다.

"와우! 난 정말 대단한 투수야!"

작자 미상

———

일요일 아침 교회에 다녀왔는데 나의 다섯 살 난 손녀가 종이에 무언가 그리고 있었다.

"그림을 그리고 있구나. 무얼 그리고 있는지 말해주겠니?"

아이는 말했다.

"하나님을 그리고 있어요."

나는 놀라서 말했다.

"하지만 하나님이 어떻게 생겼는지는 아무도 모르는데."

그러자 아이가 또렷하게 말했다.

"이제 내가 그림을 완성하고 나면 모두 알게 될 거예요."

자크 홀

나는 나

나는 이미 충분히 가치 있는 존재이다. 스스로 나를 인정하기만 한다면.

앙투안 드 생텍쥐페리

다음은 "행복한 삶을 살기 위해선 나 자신이 어떤 준비를 해야 하는가?"라는 어느 열다섯 살 소녀의 질문에 대한 답변으로 쓴 글이다.

나는 나다.

이 세상 어디에도 나와 똑같이 생긴 사람은 없다. 나와 어느 정도 닮은 사람은 있어도 정확히 나와 똑같은 사람은 없다. 따라서 나에게서 나오는 모든 것은 진정한 나만의 것이다. 나 자신이 그걸 선택했기 때문이다.

나의 모든 것은 나의 소유다. 나의 육체와 육체가 하는 모든 것이 나의 것이다. 마음과 생각, 사상 모두가 나의 것이다.

내 눈과 눈에 비치는 모든 모습들이 나의 것이다. 내 감정은 모두 나의 것이다. 분노, 슬픔, 기쁨, 좌절, 사랑, 실망, 흥분 모든 것이.

내 입과 입에서 나오는 모든 말이 나의 것이다. 공손한 말, 부드럽고 거친 말, 정확하고 부정확한 말 모두가. 나의 목소리도 나의 것이다. 큰 소리든 작게 속삭이는 소리든. 나의 모든 행동, 남에게 하는 행동이든 나 자신에게 하는 행동이든 모두 나의 것이다.

나의 환상, 나의 꿈, 나의 희망, 나의 두려움도 나의 것이다.

나의 성공과 승리, 나의 실패와 실수도 나의 것이다.

내 모든 것이 나의 것이기 때문에 나는 나 자신과 친해질 수 있다. 그렇게 함으로써 나는 날 사랑하고, 또 나의 모든 부분과 친구가 될 수 있다. 그럴 때 나의 모든 부분은 나의 깊은 관심과 애정 속에서 활동할 수 있다.

나의 어떤 부분은 날 당황시키고, 또 어떤 부분에 대해서는 나도 잘 모른다는 사실을 난 안다. 하지만 내가 나 자신을 사랑할 때, 난 용기와 희망을 갖고 모르는 부분을 해결할 수 있다. 또한 나 자신에 대해 더 많은 것을 발견할 수 있다.

이 순간 내가 어떻게 보이고 어떻게 들리든, 내가 무엇을 말하고 행동하든, 내가 무엇을 생각하고 느끼든, 모든 것은 나의 것이다. 그것이 이 순간 나의 진정한 모습이기 때문이다.

훗날 돌이켜보면 과거의 나의 모습, 내가 한 행동, 내가 한 말과 생각 등이 나한테 맞지 않았다고 여길 수도 있을 것이다. 그러면 그때에 가서 나는 맞지 않는 부분들을 버리고 맞는 부분들을 간직할 수 있다.

나는 보고, 듣고, 느끼고, 생각하고, 말하고, 행동할 수 있다.

나는 생존하고, 타인과 가까워지고, 창조적인 일을 하고, 외부의 사물과 사람들의 세계를 이해해나갈 수 있다.

나는 나의 것이며, 그러므로 나의 주인은 나다.

나는 나이며, 나는 그 자체로 완벽하다.

버지니아 사티어

5번가의 천사

그 여자는 5번가에 있는 우체국 안에서 잠을 자곤 했다. 우체국 회전문을 열고, 그녀가 선 채로 잠들어 있는 공중전화 박스 옆을 지나갈 때마다 겹겹이 껴입은 그녀의 더러운 옷에서는 오줌 냄새가, 이가 거의 빠져 달아난 입에서는 악취가 풍겨 나왔다. 잠들어 있지 않을 때면 그녀는 뜻 모를 말들을 쉴 새 없이 중얼거렸다.

우체국 관리인은 걸인들이 들어오는 걸 막기 위해 여섯 시면 문을 닫았다. 그래서 여자는 우체국 계단 옆에 몸을 웅크리고 앉아서 계속해서 혼잣말을 지껄였다. 그녀의 입은 마치 돌쩌귀가 빠져나간 문처럼 쉴 새 없이 여닫혔고, 그녀가 풍기는 냄새는 바람에 날려가 조금 약해지기도 했다.

추수감사절 날 우리 집에는 음식이 많이 남았다. 나는 집에 온 손님들에게 양해를 구하고는 남은 음식을 포장해 5번가로 차를 몰았다.

몹시 추운 초겨울 밤이었다. 나무 이파리들이 길바닥에 흩날리고 있었다. 거리에는 따뜻한 집이나 안식처가 없는 불쌍한 걸인들을 제외하고는 사람들이 거의 눈에 띄지 않았다. 그러나 나는 그녀를 찾을 수 있으리라 확신했다.

그녀는 여름이든 겨울이든 항상 똑같은 옷을 입고 있었다. 두꺼운 털실 옷이 늙고 구부정한 몸을 가려주었다. 뼈만 앙상한 두 손은 슈퍼마켓에서 훔친, 물건 담는 손수레를 꽉 움켜잡고 있었다. 그녀는 우체국 옆 작은 공터 울타리에 기대어 웅크리고 앉아 있었다. 난 생각했다.

'왜 찬바람을 피할 수 있는 더 나은 장소로 가지 않고, 바람막이조차 없는 저런 곳에 앉아 있는 걸까?'

바람을 덜 맞는 문 쪽으로 자리를 옮길 만큼의 제정신도 갖지 못한 게 분명했다. 나는 번쩍이는 내 차를 인도 옆에 세우고 창문을 내린 뒤에 그녀를 소리쳐 불렀다.

"어머니, 내가 여기에 음식을 좀……."

나는 엉겁결에 내 입에서 튀어나온 '어머니'라는 말에 깜짝 놀랐다. 하지만 그 순간 왠지 모르게 그녀가 어머니처럼 느껴졌다. 나는 다시 말했다.

"어머니, 내가 여기에 먹을 걸 좀 가져왔어요. 다진 칠면조 고기와 사과 파이 좀 드시지 않겠어요?"

그러자 그 늙은 여자는 고개를 들어 나를 바라보았다. 그러고는 아주 분명하고 뚜렷한 목소리로, 두 개밖에 남지 않은 아랫니를 움직이면서 이렇게 말했다.

"아, 정말 고마워요. 하지만 난 이미 많이 먹었다오. 그 음식을 정말 필요한 다른 사람에게 갖다 주구려."

그녀의 말은 더없이 분명했으며, 목소리에는 예상치 못한 기품과 우아함이 어려 있었다. 나는 곧 떠났고, 그녀는 다시 넝마 같은 옷 속에 고개를 파묻었다.

보비 프롭스타인

예시 돈덴

병원 현관 게시판에 공고문이 붙었다.

'예시 돈덴이 7월 10일 오전 6시에 시범 진료를 실시합니다.'

그 아래에 적힌 세부 사항 끄트머리에 이런 설명이 덧붙어 있었다.

'예시 돈덴은 달라이 라마의 개인 주치의입니다.'

나는 히말라야의 신들이 보낸 명의를 고의적으로 무시할 만큼 대단한 회의론자는 아니다. 그런 냉소적인 태도는 세속의 행복에도 방해가 될 뿐 아니라, 영원에 관한 문제에도 영향을 미칠지 모른다.

그래서 7월 10일 아침에 나는 시범 진료를 하기로 한 병동으로 갔다. 병동에 딸린 작은 회의실에는 병아리 떼처럼 흰 가운을 입은 의사들이 모여 있었다. 다들 말은 안 했지만 속임수를 쓸지도 모르는 동양에서 온 수상쩍은 의사에 대한 불신과 의혹으로 방 안 공기가 무거웠다.

정확히 6시가 되자 예시 돈덴이 모습을 나타냈다. 키가 작고, 구릿빛 얼굴에다, 땅딸막한 체구의 남자였다. 소매 없는 노란색과 자주색 승복을 입고 있었다. 삭발한 머리에, 얼굴에 난 털이라곤 두꺼운 눈꺼풀 위에 난 희미한 눈썹이 전부였다.

동행한 젊은 통역사가 소개를 하는 동안 그는 두 손으로 합장하고 인사를 했다. 그러곤 설명이 이어졌다. 예시 돈덴은 우리 병원의 의료진이 선정한 환자 한 명을 진료하기로 되어 있었다. 우리는 이미 그 환자의 증세와 병명을 알고 있었지만 예시 돈덴에게는 비밀로 부쳐져 있었다. 시범 진료는 우리가 지켜보는 가운데 행해지고, 진료가 끝나면 우리는 다시 회의실에 모여 예시 돈덴에게 환자의 증상에 대한 진단을 듣기로 되어 있었다.

또한 설명에 따르면, 예시 돈덴은 병원에 오기 전 두 시간 동안 목욕재계와 금식과 기도를 통해 자신의 영혼을 정갈히 했다. 나는 아침을 잘 먹었을 뿐 아니라 늘 하던 대로 허둥지둥 세수를 한 것이 고작이었으며, 내 영혼에 대해선 아무런 생각도 없었다. 나는 곁눈질로 동료 의사들을 바라보았다. 갑자기 우리들이 추하게 느껴졌다.

환자는 아침 일찍 일어나서 기다리고 있었다. 외국인 의사에게 진찰받는다는 사실을 미리 전달받은 상태였다. 소변검사를 할 수 있도록 소변을 받아놓으라는 지시가 내려졌다. 그래서 우리가 병실로 들어갔을 때 환자는 별로 놀라지 않았다. 그녀는 만성병 환자들이 흔히 그렇듯이 순종하고 포기하는 얼굴 표정을 터득한 지 이미 오래였다. 이번 진료 역시 그녀에겐 끝없이 계속되는 실험 진단과 검진 가운데 하나에 불과했다.

예시 돈덴은 환자의 침대 곁으로 다가갔고, 우리는 조금 떨어져서 그를 지켜보기 시작했다. 그는 한참 동안 아무 말 없이 환자를 응시했다. 특정한 신체 부위를 바라보고 있는 것이 아니었다. 다만 반듯이 누워 있는 환자 위쪽의 어느 공간에 시선을 고정시킨 듯했다. 나 역시 그녀를 관찰했다. 그녀의 병명을 알려줄 만한 어떤 신체적인 특징이나 명백한 증상 같은 건 없었다.

마침내 예시 돈덴은 환자의 한쪽 손을 잡아 자기 손안으로 가져갔다. 그는 잔뜩 웅크린 자세로 침대 위에 몸을 구부렸다. 그의 머리는 자신의 옷깃 속으로 쑥 움츠러들었다. 그런 자세로 그는 환자의 맥박을 짚기 시작했다. 그러는 동안 두 눈을 지그시 감았다.

그는 금방 환자의 맥박을 찾았고, 그 후 30분 동안 같은 자세로 몸을 웅그리고 있나. 마치 어떤 이국적인 황금빛 새가 날개를 접고 환자 위에 웅크리고 있는 것과 같았다. 그는 환자의 손을 요람에 넣듯이 자기 손안에 품고서 그녀의 맥박 위에 손가락을 얹고 있었다. 그의 모든 기가 이 한 가지 목적에 집중되어 있었다. 맥을 짚는 행위가 하나의 종교의식처럼 느껴졌다. 내가 서 있는 침대 발치에서 바라보니 그 순간 두 사람은 마치 특정한 장소로 멀리 떠나 있는 듯 했다. 그리고 그 장소 주위에는 우리가 침범할 수 없는 한없이 고요한 공간이 가로놓여 있었다.

환자는 베개를 베고 누워 있었다. 이따금 고개를 들어 자기 위에 웅크리고 있는 기이한 형체를 바라보고는 다시 베개 위로 몸을 눕혔다. 내 눈에는 두 사람의 손이 보이지 않았다. 그들의 손은 두 사람만의 친밀한 교감 속에서 하나로 묶여 있었으며, 그는 손가락 끝으로 그녀의 손목에서 전해지는 심장 고동과 리듬을 통해 병든 신체의 목소리를 듣고 있었다.

그 순간 나는 질투심이 일었다. 예시 돈덴에 대한, 아름다움과 거룩함을 지닌 그에 대한 질투심이 아니라, 환자에 대한 질투심이었다. 나도 그녀처럼 그 자리에 누워서 모든 것을 수용하는 자세로 그에게 진맥을 받고 싶었다. 그리고 난 깨달았다. 지금까지 수만 번이나 환자의 맥을 짚어왔지만 단 한 번도 제대로 맥박을 느껴본 적이 없다는 걸.

마침내 예시 돈덴은 몸을 일으키고 환자의 손을 부드럽게 침대 위에 내려놓았다. 통역사가 작은 나무 주발과 젓가락 두 짝을 꺼냈다. 예시 돈덴은 주발에다 환자의 소변을 붓고 두 젓가락으로 휘젓기 시작했다. 그는 이것을 소변에서 거품이 일어날 때까지 계속했다. 그런 다음 주발에 얼굴을 묻고 세 차례에 걸쳐 깊이 냄새를 맡았다. 그는 주발을 내려놓고 병실을 나서기 위해 몸을 돌렸다. 그때까지 그는 단 한마디 말도 하지 않았다.

그가 병실 문에 거의 다다랐을 때 환자가 고개를 들더니 다급하지만 평온한 목소리로 그를 불렀다. 그녀는 말했다.

"고맙습니다, 의사 선생님."

그렇게 말하면서 예시 돈덴이 맥을 짚었던 손목을 어루만졌다. 마치 그곳에 잠깐 머물렀던 어떤 소중한 것을 다시 붙잡으려는 듯이.

예시 돈덴은 고개를 돌려 잠깐 동안 그녀를 응시하고는 복도로 걸어 나갔다. 그렇게 해서 시범 진료는 끝이 났다.

우리는 다시 회의실에 모여 앉았다. 마침내 예시 돈덴이 처음으로 입을 열었다. 내가 한 번도 들어본 적이 없는 부드러운 티베트어였다. 그가 말을 시작하자 뒤이어 젊은 통역사가 통역을 시작했다. 마치 두 마리의 말이 달리듯이 두 개의 목소리가 나란히 달려 나갔다. 한 목소리에 다른 목소리가 곧바로 이어지는 동시통역의 협주곡이었다. 마치 수도승들의 염불 소리와도 같았다.

예시 돈덴은 환자의 몸속을 돌아다니고 있는 바람에 대해 말하기 시작했다. 소용돌이치는 거센 바람이 체내 각 부분에 있는 중요한 칸막이들을 무너뜨리면서 환자의 몸속을 돌아다닌다는 것이었다. 이 회오리바람은 환자의 혈관 속에 들어가 있다고 그는 말했다. 맨 마지막으로 그것이 불완전한 심장을 강타했다고 말했다. 그녀가 태어나기 아주 오래 전에, 심장의 방들 속으로 바람이 들어가 꼭 닫혀 있어야 할 수문 하나를 열었다. 그 열린 문을 통해 마치 봄철에 산의 계곡물이 폭포가 되어 넘쳐흘러 논밭을 덮치듯, 몸 전체에 강물이 범람해서 호흡을 잠식해버렸다는 것이었다.

여기까지 말을 마치고 예시 돈덴은 침묵에 잠겼다.

교수 한 명이 질문을 했다.

"그럼 이제 최종적으로 병명을 말씀해주시겠습니까?"

진정한 앎에 도달한 예시 돈덴이 말했다.

"선천성 심장병입니다. 심장 판막의 결손과, 그로 인해 생겨난 심장 쇠약입니다."

심장의 수문이라……. 나는 생각했다. 그것은 열려서는 안 된다. 그런데 그것이 열리는 바람에 수문을 통해 물이 범람해 그녀의 호흡을 잠식해버렸다. 그랬구나! 이 동양 의사는 우리 모두가 귀머거리처럼 듣지 못하고 있는 신체의 소리를 듣고 있었다. 그는 의사가 아니라 성직자였다.

나는 안다. 신들이 내려보낸 의사는 순결한 지식, 순결한 치료 자체라는 걸. 하지만 인간이 만든 의사는 자꾸만 걸려 넘어지고, 자꾸만 상처를 입힌다. 그가 죽어야 하듯이 그의 환자들도 죽을 수밖에 없다.

그후 나는 환자들을 진료할 때마다 자주 예시 돈덴의 목소리를 듣는다. 오래 전에 의미는 잊어버렸지만, 고대 불교의 기도문처럼 그 음률만이 내 귀에 남아 있다. 그러면 어떤 환희 같은 것이 나를 사로잡고, 어떤 신성한 손길이 나를 어루만지는 느낌이 든다.

리처드 셀저

143

한 문장의 답안지

지금으로부터 약 백 년 전, 한 학생이 영국 옥스퍼드 대학에서 종교학 시험을 치고 있었다. 그날의 시험 문제는 물을 포도주로 바꾼 예수 그리스도의 기적에 담긴 종교적이고 영적인 의미를 서술하라는 것이었다.

다른 학생들이 각자 자신이 이해한 바에 따라 열심히 긴 논술문을 작성하는 동안 그 학생은 혼자서 두 시간이 넘도록 우두커니 앉아 있기만 했다. 시험 시간이 거의 끝나갔지만 이 학생은 한 글자도 쓰지 못했다.

시험 감독이 학생에게 다가와, 답안지를 걷기 전에 어서 무슨 글이든 쓰라고 재촉했다.

학생은 마침내 연필을 들어 답안지에 한 줄의 문장을 썼다.

"물이 그 주인을 만나자 얼굴이 붉어졌도다."

이 학생이 바로 훗날 영국 최고 시인이 된 바이런이다.

리처드 셀저

인생이라는 게임

우리가 하고 있는 게임은
가장하고 있으면서
가장하고 있지 않은 것처럼
가장하는 일

우린 우리가 누구인가를 잊어버렸으며,
잊어버렸다는 사실조차
잊어버렸다.

우린 정말 누구인가?

우릴 지켜보고 있고

이 연극을 진행하면서

우리가 나아가야 할 길을 선택하는

중심,

나,

우주를 거울처럼 완벽하게 비추고 있는

무엇보다 강한 의식체

그러나 일찍이 환경에 적응해야 한다는 생각으로

우린 수동적인 인생을 선택하거나

그렇게 하도록 최면에 걸렸다.

처벌이 두려워

또는 사랑의 상처가 두려워

우린 모든 것이 자신의 책임이란 생각을 버렸다.

그리고 마치 세상 일들이 우연히 일어난 것처럼,

또는 우리가 어찌할 수 없는 것처럼

가장하게 되었다.

우린 우리 자신의 가치를 무시하고 있으며,

이런 자기 학대적인 태도

이런 나약함

이런 무기력함에 길들여졌다.

하지만 사실

우리는 자유로운 존재이며

우주 에너지의 중심이다.

당신의 의지가

곧 당신의 힘이다.

당신이 그런 힘을 갖고 있지 않다고

가장하지 마라.

정말로 그렇게 될 수 있으니까.

버나드 군터

인간이 되기 위한 규칙

1. 당신은 육체를 받을 것이다.

당신이 그 육체를 좋아하든 싫어하든, 그것은 생을 마칠 때까지 당신의 것이다.

2. 당신은 교훈을 얻을 것이다.

당신은 인생이라는 학교에 등록해 하루 종일 모든 과목을 배워나갈 것이다. 이 학교에서 보내는 하루하루가 교훈을 배우는 기회이다. 당신은 그 교훈을 좋아할 수도 있고, 어리석다고 여길 수도 있다.

3. 실패란 없으며, 오직 교훈이 있을 뿐이다.

성장은 고난과 실수에서 찾아온다. 실험과 시도가 곧 성장을 가져다준다. 실패한 시도는 성공한 시도와 마찬가지로 똑같이 성장이라는 열매를 가져다준다.

4. 교훈은 당신이 그것을 얻을 때까지 계속 반복된다.

당신이 교훈을 얻을 때까지 그것은 다양한 형태로 당신에게 찾아온다. 당신이 그것을 배우면 당신은 그다음 교훈으로 나아갈 수 있다.

5. 배움의 과정은 끝이 없다.

삶에서 일어나는 모든 일들 중에 교훈을 담고 있지 않은 일이란 없다. 당신이 살아 있는 한 매 순간 교훈이 찾아온다.

6. 이곳보다 더 나은 그곳은 없다.

'그곳'이 '이곳'이 되었을 때, 당신은 또다시 '이곳'보다 더 나아 보이는 '그곳'을 쳐다보게 될 것이다.

7. 타인은 당신을 비추는 거울이다.

당신이 다른 사람의 어떤 부분을 좋아하거나 싫어하는 이유는 단지 그가 당신 속에 있는 좋은 부분과 싫은 부분을 보여주기 때문이다.

8. 당신 자신의 삶을 어떻게 만들 것인지는 오로지 당신에게 달려 있다.

당신은 이미 필요한 연장과 재료를 모두 갖고 있다. 그것들을 가지고 무엇을 만들 것인지는 당신에게 달려 있다. 선택은 전적

<u>으로</u> 당신의 것이다.

9. 당신이 찾는 해답은 이미 당신 안에 있다.

인생의 질문에 대한 해답들은 당신 안에 있다. 당신에게 필요한 것은 단지 그것을 보고, 듣고, 신뢰하는 일이다.

10. 당신은 이 모든 사실들을 잊고 살아갈 것이다.

셰리 카터-스콧

인디언 로우

나는 그를 인디언 로우라고 부른다. 그가 내게 가난뱅이 인디언 로우의 이야기를 들려주었기 때문이다.

때는 2월, 바람이 매섭게 몰아치는 보스턴의 전형적인 아침이었다. 차가 어찌나 밀리는지 운전자들은 짜증이 나서 서로를 노려보았다. 모두가 불행한 표정이었다. 그렇다, 한 사람을 제외하고는 모두가 불행해보였다. 그 한 사람이란 바로 내가 타고 있는 택시의 기사인 미스터 로우였다.

내가 물었다.

"길이 이렇게 막히는데도 당신은 짜증을 내지 않는군요."

"그럴 이유가 없으니까요."

그는 차분한 목소리로 대답했다. 그는 주차장이 된 도로의 차량 행렬을 가리키며 말을 이었다.

"우린 아무 곳으로도 갈 수 없어요. 그러니 흥분할 이유가 없지 않습니까?"

그는 담배에 불을 붙여 한 모금 피우고는 나를 돌아보며 이렇게 물었다.

"선생도 골프를 치시오?"

나는 고개를 끄덕였다.

"가끔 칩니다만, 아직 초보자인걸요."

"티(골프공을 올려놓는 자리)에 접근해서 보면 다른 경기자가 페어웨이(티와 그린 사이의 잔디 구역)에서 기다리고 있지요. 그 앞의 그린(골프 코스)에 있는 또 다른 경기자가 빠져나갈 때까지 말이오. 그다음 티에서도 상황은 마찬가지 아닌가요?"

나는 그가 도대체 무슨 말을 하려는 건지 궁금해하며 그의 이야기에 맞장구를 쳤다.

"많은 경우에 그렇지요."

"아무 데도 갈 곳이 없어요. 여기서도 똑같은 상황이오."

그는 주변에 밀려 있는 차량을 가리켜 보이고는 다시 담배를 한 모금 빨아들였다.

"그러니 흥분할 필요가 어디 있겠소? 누구도 이 상황을 어떻게 할 수가 없어요. 그런데도 사람들은 모두 화를 내면서 속을 태우지요."

"사람들 모두 어딘가에 가야만 하니까 그런 거 아니겠어요?"

나는 이렇게 반문하면서 나 역시 약속 시간에 늦을지도 모른다는 사실을 주지시키기 위해 짐짓 시계를 들여다보았다. 그리고 나서 나는 덧붙였다.

"사업 약속이 있거나 비행기를 타야 하거나 그 밖의 여러 이유들이 있는 법이니까요."

그는 내 말에 동의했다.

"물론이지요. 그러니까 다들 택시에 타고 있겠지요. 모두가 어딘가에 도착해야만 하니까요. 택시 기사를 제외하고는 말이오. 택시 기사는 이미 목적지에 도착해 있지요. 저 친구를 보시오."

그는 차에서 내려 교통 경관에게 항의하는 정장 차림의 남자를 손짓했다. 교통 경관은 뒤엉킨 차량 행렬 한가운데 무기력하게 서 있었다.

"저 친구는 사실상 교통 경관을 한 대 먹이고 싶은 겁니다."

내가 그 친구를 옹호하고 나섰다.

"아마 출근 시간에 늦어서 저러겠지요."

그러자 미스터 로우가 말했다.

"난 출근 시간에 늦는 법이 없다오. 내 택시에 올라타기만 하면 그것이 곧바로 출근이니까 말이오."

우리는 뒤엉킨 차량들을 정리하느라 애를 먹는 교통 경관을 바라보며 앉아 있다가 겨우 그곳을 빠져나왔다.

달리는 차 안에서 내가 다시 말했다.

"당신은 택시 운전사라는 직업이 마음에 드는 모양이군요."

그러자 그가 말했다.

"다른 방법이 없으니까요."

내가 그에게 슬쩍 물었다.

"다른 직업을 가지려고 해본 적이 있나요?"

그가 고개를 끄덕였다.

"많이 해봤지요. 한때는 해군의 통신 하사관 노릇도 했고, 사무실 근무도 해봤소. 한동안은 증권사에서 일한 적도 있지요. 그러나 이제 더 이상 그런 일은 나한테 어울리지 않소."

내가 다시 물었다.

"다른 일을 하면 돈을 더 많이 벌지 않겠어요?"

그는 내 말에 동의했다.

"물론이지요. 내가 계속해서 증권사에 몸담고 일했다면 지금쯤 백만장자가 되었을 거요. 누가 압니까? 하지만 난 그런 야망을 버렸소."

그의 말을 듣고 나는 그에게 말했다.

"사람은 누구나 야망을 가져야 하지요."

그러자 그가 물었다.

"그건 왜죠?"

나는 약간 당황했다. 전에는 아무도 나한테 그런 식으로 묻지 않았다. 모든 사람이 야망이 필요하다는 사실을 당연하게 받아들였으며, 그것은 굳이 설명이 필요 없는 법칙 같은 것이었다. 그런데 이 운전사가 나한테 이유를 묻고 있었다.

"왜냐고요?"

나는 그의 질문을 따라한 다음에 이렇게 대답했다.

"글쎄요, 야망을 갖지 않으면 앞으로 나아갈 수 없게 되니까 그렇겠죠."

그가 다시 물었다.

"그래서요?"

"그래서라니요? 그래야 좋은 집과 차와 옷을 사고, 가족에게 필요한 걸 줄 수 있으니까요. 그것이 인생의 발전 아닌가요?"

그가 말했다.

"난 결혼도 하지 않았고 가족도 없다오."

난 그에게 말했다.

"아무리 그렇다 해도 인생에서 앞으로 나아갈 필요가 있지요."

그러자 그가 말했다.

"마치 인디언의 이야기처럼 들리는군요."

나는 무척 당황스러웠다.

"인디언이라고요? 무엇이 인디언 같다는 말인가요? 어떤 인디언?"

그러자 그가 대답했다.

"가난한 인디언 로우가 있었소. 그 이야기를 당신한테 들려주리다."

그는 운전석에 몸을 기대고 이야기를 시작했다.

"강가에서 낚시를 하며 앉아 있는 인디언이 있었다오. 그런데 날마다 그가 그곳에 앉아 있는 걸 보고는 백인 친구 하나가 사람들에게 그를 손가락질하면서 이렇게 말하곤 했소.

'로우, 저 가난뱅이 인디언 말이야('로우'는 '저길 좀 봐'라는 뜻).'

하루는 그 백인이 인디언에게 다가가서 물었소.

'자네, 도대체 뭘 하고 있는가?'

인디언이 시큰둥하게 대답했소.

'보면 모르나. 낚시를 하고 있지.'

백인 친구가 다시 물었소.

'자넨 어떻게 맨날 낚시만 하고 있나?'

인디언은 들은 체도 하지 않았소. 그러자 백인 친구가 말했소.

'자네도 뭔가 직장을 갖고 일을 시작해야지.'

그러자 인디언이 물었소.

'왜?'

백인 친구가 말했소.

'왜냐고? 그래야 돈을 벌지.'

인디언이 다시 물었소.

'그래서?'

백인 친구가 말했소.

'그래야 그 돈을 투자해서 더 많은 돈을 벌지.'

그러자 인디언이 뭐라고 말했겠소? 그는 또다시 물었소.

'그래서?'

백인 친구는 화가 나서 소리쳤소.

'그래야 부자가 돼서 자네가 하고 싶은 일을 할 거 아냐.'

그러자 인디언은 백인 친구를 흘끗 올려다보고는 다시 낚시찌로 시선을 돌렸소.

'난 지금 내가 하고 싶은 일을 하고 있어.'

그것이 인디언이 마지막으로 백인 친구에게 한 말이었소."

말을 마치고 택시 기사는 웃음을 터뜨렸다. 그는 창 밖으로 담배 연기를 내뿜으며 말했다.

"로우, 가난뱅이 인디언! 그 인디언이 바로 나요."

나는 그의 이야기를 듣고 잠시 생각에 잠겼다. 내가 물었다.

"당신은 자기가 원하는 일을 하고 있나요?"

"물론이오."

"만족합니까?"

"물론이오. 다른 차에 탄 사람들을 보시오. 나를 제외하고는 모두가 불행한 표정을 짓고 있소. 그것은 그들이 지금 일을 하고 있는 상황이 아니고 지금 자기들이 원하는 장소에 있지 못하기 때문이오. 그들은 시간과 돈과 다른 어떤 걸 낭비하고 있소. 난 그렇지 않아요. 난 어느 곳으로도 가고 있지 않소. 난 이미 목적지에 도착해 있으니까 말이오. 난 시간을 낭비하고 있는 것도 아니고 돈이나 어떤 다른 걸 낭비하고 있는 것도 아니요. 그들은 이 추위 속으로 걸어나가 눈비를 맞거나 진창에 빠지기도 하지요. 나로 말할 것 같으면 이 따뜻하고 편안한 택시 안에 앉아 있지요. 내가 언제 이 택시에서 내리는지 당신은 알겠소?"

"아니요. 그때가 언제입니까?"

"바로 내가 내리고 싶을 때요. 커피를 한잔 마시고 싶거나 입이 심심할 때, 아니면 어딘가로 가서 누군가와 얘길 나누고 싶을 때라오. 난 원할 때면 언제라도 이 택시에서 내린다오. 어딘가에 도착했거나, 아니면 목적지에 도착했으니 당연히 내리는 게 아니오. 그런 거야 승객들의 해당 사항이지 나하고는 상관없는 일이오."

난 그 말에 동의했다.

"정말 그렇겠군요."

그가 말을 계속했다.

"날씨가 좋은 날을 생각해보시오. 봄이나 여름의 화창한 날, 혹은 가을이 되어 낙엽들이 물들기 시작하는 날이면 사람들은 모두 주말여행을 떠나고 싶어 하지요. 다들 차를 몰고 떠나기를 원하지요. 안 그렇소?"

나는 고개를 끄덕였다.

"다들 야외로 떠나고 싶어 하지요. 저의 숙모님도 주말마다 떠난답니다."

그가 말했다.

"나무 이파리들을 구경하고, 물가에도 내려가보고, 국립공원에도 들르면서 드라이브를 하고 싶다 이겁니다. 어디 어른들만 그렇소? 아이들은 또 어떻고? 십대들이나 심지어 열 살짜리 아이들까지도 도시를 벗어나 좀 돌아다니고 싶어 하지요."

그는 옆에 흐르는 찰스 강을 손짓해 보였다.

"여름이 되면 당신은 창문을 내리고 이 강가에서 택시를 운전하는 내 모습을 발견하게 될 거요. 게다가 난 드라이브를 즐기면서 돈까지 벌지요."

목적지에 도착해서 내가 택시에서 내리자 그가 다시 말했다.

"난 당신이 무슨 일을 해서 먹고사는지 모르오. 하지만 무슨 일을 하든지 당신이 그 일을 좋아하기를 바라오. 좋아하지 않는다면 어서 빨리 백만장자가 돼서 나처럼 자신이 좋아하는 일을 할 수 있게 되기를 바라겠소. 난 백만장자가 아니지만, 내가 좋아하는 일을 하기 위해서 백만장자가 될 필요가 없는 사람이오. 난 지금 그 일을 하고 있으니까 말이오."

그가 택시를 몰고 떠난 뒤에도 나는 한참 동안 뒷모습을 바라보았다. 난 그곳에 있었지만 그곳은 내가 진정으로 원하는 장소가 아니었다. 곧 건물 안으로 들어가 만나고 싶지 않은 사람과 만나야만 했고, 하고 싶지 않은 일을 해야만 했다.

로우(저길 좀 봐), 저 가난뱅이 택시 기사를. 나는 그렇게 스스로에게 말했다. 그러고 나서 나는 건물 안으로 걸어 들어갔다.

포스터 푸콜로

삶이라는 배움터

배움은 당신이 이미 아는 것을 발견하는 일이다.

행동은 아는 것을 실천해 보이는 일이다.

가르침은 당신뿐 아니라 상대방도 그것을 앎을 일깨우는 일이다.

당신은 배우는 자이고, 행동하는 자이며, 가르치는 자이다.

리처드 버크

사랑이 남긴 것

젊었을 때 알은 화가이자 도예가였다. 그에게는 아내와 훌륭한 두 아들이 있었다. 어느 날 밤, 큰아들이 심한 복통을 호소했다. 단순한 배탈이라고 생각한 알과 아내는 아들이 그다지 심각한 상태라 여기지 않았다. 그러나 아들은 그날 밤 급성맹장으로 갑자기 세상을 떠났다.

상태가 그렇게 심각했다는 것을 알았다면 아이의 죽음을 막을 수 있었을 텐데……. 알은 심한 죄책감 때문에 극도로 정신이 쇠약해졌다. 불행이 겹치느라 얼마 뒤 아내마저 여섯 살짜리 어린 아들을 남겨둔 채 집을 나가버렸다.

알은 이 두 가지 비극이 안겨준 심한 고통과 마음의 상처를 이

겨낼 힘이 없었다. 그는 차츰 술에 의지하기 시작했다. 머지않아 그는 알코올중독자가 되어버렸다.

알코올중독이 심해질수록 알은 자신이 가졌던 모든 걸 하나 둘씩 잃어갔다. 집과 땅, 자신이 만든 미술 작품을 비롯해 모든 것을……. 결국 알은 샌프란시스코의 어느 허름한 여인숙에서 쓸쓸히 생을 마쳤다.

알의 죽음을 전해들은 나는 아무것도 남기지 못한 채 허무하게 인생을 보낸 사람에게 세상이 흔히 보내는 약간의 경멸감과 같은 반응을 보였다. 나는 생각했다.

'완전한 실패작이다! 그야말로 헛되이 낭비만 하다 떠난 인생 아닌가!'

그러나 세월이 흐르면서 나는 예전의 가혹한 평가를 고치지 않을 수 없게 되었다. 아버지마저 세상을 떠나고 혼자 남은 알의 아들 어니가 어느덧 어른이 된 것이다.

어니는 내가 알고 있는 사람 중에 가장 친절하고, 선하고, 사랑이 넘쳤다. 우리 아이들과 어니가 함께 지내는 걸 보고 있노라면, 그들 사이에서는 언제나 자유롭고 활기 넘치는 사랑이 오가고 있었다. 그런 배려와 세심함이 어디서 생겨난 걸까 나는 궁금해졌다.

나는 어니가 자신의 아버지에 대해 이야기하는 걸 별로 듣지 못했다. 알코올중독으로 생을 마친 사람을 변호하기란 쉬운 일이 아니니까. 어느 날 나는 용기를 내어 어니에게 물었다.

"난 이해할 수 없는 것이 있다네. 아버지가 줄곧 자네를 혼자 키웠을 텐데, 도대체 어떤 방법으로 자네를 이토록 특별한 사람으로 키웠는가?"

어니는 말없이 생각에 잠겼다. 그러더니 이윽고 입을 열었다.

"제가 아주 어렸을 때부터 집을 떠났던 열아홉 살 때까지, 아버지는 매일 밤 잠자리에 들기 전이면 제게 키스를 하며 이렇게 말씀하셨습니다. '난 널 사랑한다, 아들아.' 그것이 전부입니다."

알의 인생을 완전한 실패작으로 평가했던 나의 어리석음을 깨닫고 나도 모르게 눈물이 어른거렸다. 물론 알은 아무런 물질적인 것도 남기지 못했다. 그러나 가슴 깊이 사랑을 간직한 아버지였던 그는 내가 아는 사람 가운데 가장 아름답고 선한 한 사람을 뒤에 남겼다.

보비 기,
《성공은 이미지 게임에 달려 있다Winning the Image Game》에서 발췌

난 이제 나 자신이 좋다

아이는 자기 자신에 대해 스스로 좋게 생각할수록 여러 분야에서 더 많은 성취를 이뤄낸다. 하지만 더 중요한 것은 아이 스스로 인생을 더 즐거운 것으로 생각하도록 이끌어주는 일이다.

웨인 다이어

학생들에게는 학교에서 배우는 과목보다 더 많은 다른 것들이 필요하다는 사실을 깨닫고 나서 난 큰 안도감을 느꼈다. 난 수학을 잘하고, 또 잘 가르친다. 난 그것이 내가 할 일의 전부라고 생각했었다.

이제 난 수학이 아니라 아이들을 가르친다. 내가 아무리 수학을 잘 가르친다 해도 전체 학생 중에서 몇 명만이 그것을 이해한다는 사실을 난 받아들인다. 그리고 내가 모든 문제의 해답을 알아야 할 필요는 없다는 사실을 인정할 때, 오히려 더 많은 답을 얻게 되는 것 같다.

나는 에디 덕분에 이 점을 이해하게 되었다. 하루는 에디에게 작년보다 성적이 더 좋아진 이유를 물었다. 에디의 대답은 나에게 완전히 새로운 인식을 가져다주었다.

"선생님한테 배우면서부터 제가 저 자신을 더 좋아하게 되었기 때문이에요."

에버렛 쇼스트롬,
《인간, 조종자 Man, The Manipulator》중 〈교사〉에서 발췌

한 장의 종이

그는 내가 가르쳤던 미네소타 주의 모리스에 있는 세인트메리 학교 3학년 학생이었다. 우리 반 학생 서른네 명 모두 사랑스런 아이들이었지만, 그중에서도 마크 에클런드는 매우 특별한 아이였다. 잘생긴 얼굴에 특유의 낙천적이고 밝은 성격 때문에 이따금 짓궂은 장난을 해도 미움을 받기보다는 모두를 즐겁게 만들었다.

마크는 수업 중에 곧잘 떠들었다. 나는 허락 없이 말을 해선 안 된다고 마크에게 몇 번이나 주의를 주곤 했다. 그런데 내가 잘못을 지적할 때마다 보인 마크의 반응은 매우 인상적이었다. 그는 매번 이렇게 말했다.

"제 잘못을 바로잡아주셔서 고맙습니다, 수녀님!"

처음에는 그런 말을 듣고 어찌 해야 할지 몰랐지만 하루에도 몇 차례씩 그 말을 듣다 보니 곧 익숙해졌다.

한번은 오전 수업 중에 마크가 너무 심하게 떠들어 내 인내심도 한계에 도달했다. 나는 그만 신참내기 교사가 할 법한 실수를 하고 말았다. 나는 마크를 똑바로 쳐다보며 말했다.

"분명히 말하는데, 만일 한마디만 더 떠들면 너의 입을 테이프로 봉해버릴 거야."

그런데 10초도 지나지 않아서 척이 말했다.

"선생님, 마크가 또 떠들었대요."

물론 나는 학생들에게 마크를 감시하라고 말하진 않았지만, 내가 한 말을 행동으로 옮겨야만 했다.

그날 일을 나는 마치 오늘 아침에 일어났던 것처럼 생생히 기억하고 있다. 나는 교실 앞 내 책상으로 걸어가 서랍에서 넓은 테이프를 꺼냈다. 그리고 한마디 말도 없이 마크에게 걸어가 테이프를 크게 두 조각으로 잘라서는 그의 입에 X자로 붙였다. 그런 다음 나는 다시 교실 앞으로 돌아갔다.

나는 마크가 어떻게 하고 있나 보려고 슬쩍 곁눈질을 해서 쳐다보았다. 그 순간 마크가 나에게 윙크를 던지는 것이었다. 늘그런 식이었다! 난 그만 웃음을 터뜨리고 말았다. 화난 내 행동에 주눅 들어 있던 반 아이들 모두 박수를 치며 웃었고, 나는 다시 마크의 책상 앞으로 걸어가 입에 붙은 테이프를 떼어냈다. 내가 어깨를 으쓱해 보이자 마크의 입에서 나온 첫마디는 이것이었다.

"제 잘못을 바로잡아주셔서 고맙습니다, 수녀님."

그해가 다 지나갈 무렵 나는 중학교로 옮겨 수학을 가르치게 되었다. 어느덧 세월이 흘러 나도 모르는 사이 마크가 다시 나의 수업을 듣고 있었다. 마크는 훨씬 더 잘생긴 외모에 성격은 여전히 공손했다. 내가 가르치는 새로운 수학 강의에 열심히 귀를 기울여야 했던 중학교 3학년 마크는 전처럼 떠들지 못했다.

어느 금요일이었다. 수업 분위기는 그다지 유쾌하지 않았다. 우리는 일주일 내내 난해한 수학 공식에 매달려 씨름했으며, 나는 학생들이 자포자기 상태에 빠져 있다고 느꼈다. 학생들 모두 서로에게 신경이 잔뜩 곤두서 있었다.

나는 사태가 더 심각해지기 전에 이 살벌한 분위기를 어떻게든 바꿔놓아야 한다고 생각했다. 그래서 학생들에게 종이를 두 장씩 나눠주며 반 친구들의 이름을 적당한 간격을 두고 적게 했다. 그런 다음 이름 옆에다 자기가 생각하는 친구의 좋은 점과 멋지고 훌륭한 점을 모두 적으라고 말했다.

수업의 나머지 시간은 그 내용을 적는 데 보냈다. 수업이 끝나고 학생들은 각자 작성한 용지를 나한테 낸 다음 교실에서 나갔다. 척은 미소 지어 보였고, 마크는 이렇게 말했다.

"저희들을 가르쳐주셔서 고맙습니다, 수녀님. 좋은 주말 보내세요."

토요일 내내 나는 종이 한 장에 한 명씩 학생들 이름을 적었다. 그리고 그 학생에 대해 다른 학생들이 말한 내용을 전부 적어 내려갔다. 월요일이 되었을 때 나는 그 종이를 학생들 각자에게 나눠주었다. 종이가 두 장이나 되는 아이도 있었다. 종이에 적힌 내용을 읽던 아이들의 입가에 순식간에 미소가 번졌다.

"정말로 내가 그렇단 말이야?"

아이들이 속삭이는 소리가 내 귀에 들려왔다.

"내가 다른 사람에게 이토록 멋있게 보일 줄은 몰랐는데!"

"다른 아이들이 날 이렇게 좋게 생각하는 줄 정말 몰랐어!"

그러고 나서 수업이 시작되었고, 수업 중에는 누구도 더 이상 그 이야기를 하지 않았다. 그들이 방과 후에 자기들끼리, 또는 부모에게 가서 이야기를 했는지는 모른다. 중요한 건 그게 아니었으니까. 어쨌든 나의 시도는 성공을 거두었다. 학생들은 다시금 서로에게 우정을 느끼게 되었으며, 수업 분위기는 훨씬 좋아졌다.

시간이 흘러 학생들은 상급 학교로 진학했다. 그로부터 여러

헤가 흘러 어느 해 여름 나는 휴가를 보내고 집으로 돌아왔다. 마침 부모님이 공항까지 마중을 나왔다.

차를 타고 집으로 돌아가는 도중에 어머니는 늘 하시던 대로 여행에 관해 물었다. 날씨는 어땠는지 어디어디를 들렀는지 재미는 있었는지 등이었다. 그러다 잠시 대화가 끊어졌다. 그때 어머니가 아버지에게 곁눈질을 하며 눈치를 주었다.

그러자 아버지가 목을 한 번 가다듬고는 입을 열었다.

"애야, 마크 에클런드 아버지가 어젯밤에 전화를 했더구나."

내가 놀라서 말했다.

"그래요? 몇 년 동안 통 소식을 듣지 못했어요. 마크는 잘 지낸대요?"

그러자 아버지가 나지막이 대답하셨다.

"마크가 베트남에서 전사했단다. 장례식이 내일인데, 마크의 부모는 네가 꼭 참석하길 바라더구나."

나는 지금까지도 아버지가 마크의 죽음을 전했던 순간 지나갔던 I-494번지의 그 길목을 정확히 기억한다.

나는 군용 관 속에 누워 있는 병사를 한 번도 본 적이 없었다. 그때가 처음이었다. 마크는 훨씬 더 미남에, 어른스러워 보였다. 그 순간 나는 오직 이 생각만 할 수 있었을 뿐이었다.

'마크, 네가 다시 입을 열어 말을 할 수만 있다면 세상에 있는

모든 테이프들을 너에게 붙여줄 텐데.'

성당은 마크의 친구들로 꽉 찼다. 척의 여동생이 〈미합중국 병사의 노래〉를 불렀다. 왜 장례식 날 비가 내리는 걸까? 그날은 비가 줄기차게 퍼부어서 무덤까지 걸어가는 데 애를 먹었다. 신부님이 기도를 하셨고, 나팔수는 영결 나팔을 불었다. 마크를 사랑했던 사람들이 한 사람씩 다가가 마지막 인사를 하면서 관 위에 성수를 뿌렸다.

나는 마지막으로 관 위에 축복을 내렸다. 내가 관 앞에 서자 관을 멨던 군인 중 한 명이 내게 다가와 물었다.

"수녀님이 마크의 수학 선생님인가요?"

나는 관을 보며 고개를 끄덕였다.

군인이 말했다.

"마크가 선생님 이야기를 많이 하곤 했습니다."

장례식이 끝난 뒤 마크와 같은 반이던 학생 모두가 척의 농장으로 가서 점심을 먹었다. 내가 그곳에 도착하니 마크의 어머니와 아버지가 와서 기다리고 있었다. 분명 나를 기다린 눈치였다.

"선생님께 보여드릴 것이 있습니다."

마크의 아버지가 주머니에서 지갑을 꺼내면서 말했다.

"마크가 죽었을 때 품속에 이것이 있더랍니다. 저희는 선생님께서도 이것을 기억하시리라는 생각이 들었지요."

마크의 아버지가 꺼낸 것은 노트 크기만 한, 접혀 있는 두 장의 종이였다. 접힌 자리가 닳아서 여러 번 테이프로 붙인 흔적이 남아 있었다. 나는 종이에 적힌 내용을 보지 않고도 그것이 무엇인지 알았다. 마크의 친구들이 그의 좋은 점을 적어낸 바로 그 종이였다.

마크의 어머니가 말했다.

"이런 일을 해주셔서 정말 고마워요. 보시다시피 마크는 이것을 늘 보물처럼 여겼답니다."

마크의 반 친구들이 주위로 몰려왔다. 척이 약간 수줍은 미소를 지으며 말했다.

"저도 아직까지 가지고 있어요. 제 책상의 맨 윗 서랍에 항상 간직하고 있지요."

존의 아내가 말했다.

"존은 그 종이를 결혼 앨범에 끼워 놓았어요."

마릴린이 말했다.

"제 것은 언제나 일기장 속에 들어 있어요."

그러자 또 다른 학생 비키는 작은 손가방을 열어 지갑을 꺼내더니 너덜너덜해진 종이를 꺼내 모두에게 보여주었다.

"전 언제나 이것을 가지고 다녀요."

비키는 반짝이는 눈으로 모두를 바라보며 이렇게 말했다.

"우리 모두 각자의 것을 간직했군요."

나는 더 이상 참지 못하고 그 자리에 주저앉아 울음을 터뜨렸다. 나는 마크를 위해, 그리고 다시는 그를 만나지 못할 그의 모든 친구들을 위해 울고 또 울었다.

헬렌 P. 므로슬라

특별함

우리 인생의 매 순간이 우주의 새롭고 특별한 순간이다. 그 순간은 절대로 다시 찾아오지 않는다. 그런데 우리는 아이들에게 무엇을 가르치고 있는가? 우리는 아이들에게 둘 더하기 둘은 넷이고, 프랑스의 수도가 파리라는 것을 가르치고 있다.

언제가 되어야 우리는 그들에게 자신이 어떤 존재라는 것을 가르칠 수 있을까?

우리는 아이들 한 사람 한 사람에게 말해주어야 한다.

"넌 네가 어떤 존재인가를 아니? 넌 하나의 경이로운 존재야. 넌 매우 특별해. 네가 커가는 동안 이 세상에 너 같은 아이는 없었어. 너의 다리, 너의 팔, 솜씨 있는 너의 손가락, 네가 걷는 모습, 그 모든 것이 특별해.

넌 셰익스피어가 될 수도 있고, 미켈란젤로 같은 화가나 베토벤 같은 음악가가 될 수도 있어. 넌 무엇이든지 할 수 있는 능력을 갖고 있지. 넌 정말 놀라워.

그리고 그건 다른 사람들도 마찬가지야. 그들 역시 놀라운 존재들이지. 넌 네가 어른이 되었을 때, 너와 같이 놀라운 존재인 다른 사람들에게 상처를 줄 수 있다고 생각하니?"

그렇다. 우리는 이 세상을 모든 아이들이 살 만한 가치가 있는 장소로 만들어야 한다.

파블로 카살스

배우는 방법

내가 첼로를 연주하기 시작한 것은 그리 오래전 일이 아니다. 많은 사람들은 내가 '첼로 연주법'을 배우고 있는 중이라고 말하곤 했다.

그런 말은 내 마음속에 이상한 느낌을 불러일으켰다. 마치 그들은 두 가지의 서로 다른 과정이 있다고 주장하는 듯했다. 그 두 가지는 첼로 연주하는 법을 배우는 일과 첼로를 연주하는 일이다. 사람들은 첫 번째 과정을 끝마쳐야 비로소 두 번째 과정을 시작할 수 있다고 믿는다. 결론적으로 첼로를 연주할 수 있으려면 먼저 첼로 연주하는 법을 배워야 한다는 것이다.

그렇지 않으면 첼로를 연주할 수가 없다는 것이다. 물론 이는 말도 안 되는 이야기이다. 이 두 가지 과정은 사실 둘이 아니라 하나이다. 우리는 무언가를 함으로써 그것을 배울 수 있을 뿐이다. 다른 길은 없다.

존 홀트

손

추수감사절 한 초등학교 교사가 1학년 학생들에게 세상에서 가장 감사하게 여기는 대상을 그려보라고 말했다. 교사는 마음 한편으로 미국에서 가장 가난한 빈민가에 사는 아이들이 과연 감사하게 여길 대상이 있을까 하는 의문을 가졌다. 아마도 식탁에 차려진 칠면조나 맛있는 음식들을 그릴 거라고 그녀는 생각했다.

그런데 더글러스가 내미는 그림을 보고 교사는 당황하지 않을 수 없었다. 거기에는 아이의 그림다운 손 그림 하나가 그려져 있었다.

누구의 손일까? 아이들은 나름대로 상상하기 시작했다.

한 아이가 말했다.

"그건 우리에게 먹을거리를 주는 하나님의 손이 틀림없어요."

다른 아이가 말했다.

"그건 농부의 손이에요. 칠면조를 기르니까요."

마침내 교사는 더글러스의 책상으로 다가가 누구의 손을 그렸는지 물었다.

더글러스는 머뭇거리며 대답했다.

"이건 선생님의 손이에요."

그녀는 쉬는 시간마다 볼품없고 쓸쓸해 보이는 더글러스를 손으로 쓰다듬어주곤 했던 기억이 났다. 물론 다른 학생들에게도 종종 그렇게 했지만, 더글러스에게는 그것이 매우 큰 의미가 있었던 것이다.

아마도 이것이 모든 이를 위한 추수감사절의 의미이리라. 우리에게 주어진 물질에 대한 감사가 아니라, 아무리 작은 방식이라도 누군가에게 베풀 수 있는 기회를 갖는 것이 참다운 감사이다.

작자 미상

할렘 가의 왕실기사단

뉴욕 맨해튼에는 스패니시 할렘이라고 불리는 지역이 있다. 내가 사는 맨해튼 아파트에서 그곳까지는 걸어서 갈 수 있는 가까운 거리지만, 어떤 의미에서는 수만 광년 떨어진 다른 세상이기도 하다.

여러 면에서 봤을 때 그곳은 제3세계라 할 수 있다. 유아와 산모 사망률이 방글라데시와 비슷하고, 남성 평균 수명은 방글라데시보다 더 낮다. 이러한 현실은 할렘의 다른 지역과 비슷하기도 하지만, 이곳 주민들 대부분이 영어가 아닌 다른 말을 쓰기 때문에 뉴욕 시의 다른 부유한 지역들과 더욱 구별된다.

대중매체는 이 지역이 안고 있는 문제를 무관심 속에 방치하고 있다. 제3세계 국가에서 근무하는 경찰과 교사들조차 그 지역 안에서 산다는 건 생각조차 하지 못한다. 그리고 아이들이 학교에서 배우는 교과내용은 그들의 현실과 아무런 관계가 없다. 그러니 아이들이 배우는 것은 뻔하다. 아이들은 스스로 자신들이 불과 몇 블록 떨어진 거리에 사는 사람들과는 완전히 다른 '인간 이하'의 존재라고 믿게 되었다.

이스트 101번가의 철제 담장과 콘크리트 운동장이 있는 황폐한 작은 구획 안에 한 중학교가 있었다. 빌 홀은 그 학교에서 정규 영어 과목 외에도 푸에르토리코와 중남미, 그리고 심지어 파키스탄과 홍콩에서 이민 온 학생들에게 제2외국어에 해당하는 영어를 가르쳤다.

낯선 나라에 온 아이들은 새로운 문화와 익숙하지 않은 규칙, 삭막한 이웃, 그리고 자신과 마찬가지로 길 잃은 심정에 놓인 부모와 맞닥뜨려야 했다. 빌은 이제 이 아이들과 날마다 마주하게 되었다.

이 다양한 집단의 아이들에게 동질감을 심어주면서 영어도 가르칠 수 있는 흥밋거리가 무엇일까 궁리하던 빌은 어느 날 이웃이 체스판을 들고 지나가는 것을 보았다. 체스 실력자인 빌은 체스가 문화를 초월하는 게임이라는 점에 착안했다.

빌은 몹시 미심쩍어하는 교장을 설득해 방과 후에 체스 동아리를 열기 시작했다.

여학생은 거의 오지 않았다. 체스 두는 여자를 본 적이 없는 여학생들은 체스가 여자들을 위한 게임이 아니라고 생각했다. 그리고 그들에게 모델이 될 만한 여교사가 없었기 때문에 동아리를 찾아온 몇 명의 여학생들마저 얼마 가지 않아 떨어져 나갔다. 일부 남학생 역시 중간에 포기했다. 체스는 그 지역에서 인기 있는 게임이 아니었다.

그러나 열두 명 정도의 아이들은 계속 남아서 체스의 기본 정석부터 배우기 시작했다. 다른 학생들은 그 아이들이 수업이 끝나고도 학교에 남아 있다고 놀려댔고, 어떤 부모는 체스가 시간 낭비라고 생각했다. 빈민가에서 체스를 두는 것은 사치일 뿐 아니라 먹고사는 데 전혀 도움이 되지 않는 일이기 때문이었다.

그럼에도 불구하고 그 아이들은 포기하지 않았다. 빌이 그들의 삶에 특별한 어떤 것을 심어주고 있었기 때문이다. 빌은 처음으로 자신들을 믿어주고, 진심 어린 관심을 가져준 사람이었던 것이다.

아이들의 체스 실력과 영어 실력이 서서히 나아지기 시작했다. 아이들의 실력이 많이 나아지자 빌은 그들을 할렘가 밖의 학교로 데리고 다니며 체스 시합을 주선했다. 빌은 자신의 주머니를 털어 지하철 요금을 대고 저녁 식사로 피자를 사주었다. 아이들은 빌이 진심으로 자기들을 위한다는 사실을 깨달았다. 교사 월급으로는 결코 적은 금액이 아니었던 것이다. 아이들은 중년의 나이에 접어든 이 백인을 더욱 신뢰하게 되었다.

아이들을 좀 더 독립적으로 만들기 위해서 빌은 외부에서 체스 시합이 열릴 때마다 한 사람씩 번갈아가며 전체를 통솔하도록 했다. 아이들은 돌아가면서 체스 시합 일정과 준비물을 책임져야 했다. 이제 빌이 없어도 아이들은 서로 책임을 나누어 맡기 시작했다. 아이들은 서로를 지도하고, 개인 문제를 상의하며, 서로의 부모에게 체스가 결코 시간 낭비가 아니라는 것을 설득시켰다. 이런 자신감은 수업 시간으로도 이어져 차츰 성적도 올라가기 시작했다.

아이들이 더 나은 학생이 되고 더 나은 체스 선수가 되자 아이들에 대한 빌의 꿈도 커져갔다. 그는 맨해튼체스클럽에서 받은 약간의 후원금으로 아이들을 데리고 뉴욕 주 중부의 시라큐스 시에서 열리는 주 결승전에 참가했다.

한때는 아무런 공통점도 없고, 외톨이이고, 수동적이며, 폐쇄적이기만 했던 이 열두 명의 아이들은 이제 자신들이 선택한 이름을 갖고 있었다. 바로 '왕실기사단'이었다. 주 결승전에서 3위에 오른 왕실기사단은 캘리포니아에서 열리는 전미 중학교 체스 결승전에 참가할 자격을 따냈다.

그러나 빌의 농료 교사들은 그에게, 무의미하게 시간과 노력을 낭비할 필요가 없다고 말했다. 한 교사는 이 빈민가 아이들은 평생 '뉴욕 옆 뉴저지 주를 지나가보지도 못할 형편'이라고 말하기까지 했다. 그런데 왜 쓸데없이 기금을 모아 그들을 비행기에 태우고 나라 반대편까지 날아간단 말인가? 오히려 그들로 하여금 현실에 대한 불만을 갖게 만드는 일이라고 말했다.

그럼에도 불구하고 빌은 캘리포니아행 비행기 표를 사기 위해 기금을 마련했다. 그리고 전미 대회에서 109개 팀 중 17위를 차지했다.

이제 체스는 학교 학생들의 관심사가 되었다. 체스 팀에 들어가면 적어도 다른 도시로 여행을 할 수 있기 때문이었다. 어느 날 뉴욕체스클럽을 방문한 체스 부원들은 세계 여성 체스 챔피언인 러시아 소녀를 만나게 되었다. 아이들은 빌조차도 깜짝 놀랄 기발한 생각을 내놓았다. 이 소녀가 러시아에서 올 수 있다면, 왜 왕실기사단이라고 러시아에 갈 수 없단 말인가? 어쨌든 러시아는 체스의 종주국이었으며, 곧 전 세계 학생 체스 친선 대회가 열릴 예정이었다.

미국에서는 그렇게 어린 체스 선수가 대회에 참가한 적은 한 번도 없었다. 하지만 지역 공무원들의 노력으로 계획은 통과되었다.

빌은 여행 경비의 후원금을 받기 위해 대기업 몇 군데를 찾아 갔다. 물론 이 팀이 우승하리라고는 아무도 생각하지 않았지만, 우승이 목표가 아니었다. 여행 자체만으로도 아이들의 삶에 새 로운 지평이 열리게 될 거라고 빌은 역설했다. 마침내 펩시콜라 사에서 2만 달러짜리 수표를 건네주는 순간, 빌은 허황되다 여 긴 꿈이 현실로 이루어지고 있음을 실감했다.

아이들은 불과 몇 달 전까지만 해도 자신들을 외면했던 미국 을 대표해서 공식 경기 참가단 자격으로 비행기에서 내려 러시 아에 첫발을 내디뎠다. 아이들은 뉴욕 할렘 가의 유명 인사들로 서 가난한 이웃을 대표한다는 사실도 잊지 않았다. 그들이 입은 유니폼의 등쪽에는 'U.S.A.'가 아니라 '왕실기사단'이라고 큰 글 씨가 새겨져 있었다.

그러나 모스크바에 도착한 아이들은 자신감을 잃었다. 상대 편 러시아 선수들은 특유의 심사숙고형 스타일로 경기를 풀어 갔다. 그러다 마침내 기사단의 한 선수가 30대의 러시아 체스 챔피언과 한 시범 경기에서 무승부라는 기적을 낳았다. 러시아 선수라고 해서 물리칠 수 없는 것이 아니었다. 그들 역시 사람 이긴 마찬가지였다.

그후 기사단은 러시아에서 열린 경기의 절반 정도를 이겼으 며, 스피드 체스 경기에서는 오히려 자신들의 이점을 살려서 경기를 식권했다. 천천히 신중하게 두는 방식을 미덕으로 배워온 러시아 선수들과는 달리 기사단 선수들은 길거리에서 익힌 솜씨로 빠르고 정확하게 경기를 이끌어나갔다.

경기 중 가장 어려운 레닌그라드 시합에 참가한 아이들의 사기는 더욱 높아졌다. 영어를 배우려는 목적으로 체스에 아무런 재능도 없이 무작정 모였지만, 아이들은 한 경기에서 승리를 거두고 또 다른 경기에서는 무승부를 기록했다.

뉴욕으로 돌아왔을 때 기사단 아이들은 무엇이든지 할 수 있다는 자신감을 갖게 되었다. 그들에게 필요했던 것은 바로 자신감이었다.

그로부터 몇 달 뒤에 내가 다시 이 체스 동아리에 들렀을 때였다. 좀처럼 화를 내지 않는 빌 홀 선생이 최근에 체스 부원인 푸에르토리코 학생과 백인 교사 사이에 일어난 일 때문에 매우 화가 나 있었다. 내가 자초지종을 묻자 빌 홀 선생은 아이에게 직접 설명하도록 했다. 그 학생이 시험 점수가 높게 나오자 교사는 아이가 커닝을 했다고 믿고 재시험을 치르게 했다는 것이다. 그런데 재시험에서도 높은 점수가 나오자 교사는 자기가 틀렸다는 사실 때문에 더욱 기분 나빠 하더라는 것이었다.

빌은 말했다.

"만일 이웃에 있는 다른 학교였다면 이런 일은 일어나지 않았을 겁니다."

아이들은 교실에서 그런 식의 차별을 줄곧 받아왔다. 그러나 이제는 아이들의 마음 속에 자존감이 생겨났다. 그 아이는 즐거운 표정으로 말했다.

"아마 그 선생님은 질투가 나는 거겠죠. 우리가 이 학교를 지도에 나오는 학교로 만들었으니까요."

사실이 그랬다. 이 거무칙칙한 중학교의 강당은 러시아 무용단의 뉴욕 순회공연 때 공연 장소로 사용되었다. 각 학교의 교장들이 이 학교에 체스 지도법을 문의하기도 했다. 그리고 텔레비전과 라디오, 신문들이 왕실기사단의 인터뷰 기사를 내보냈다.

아이들의 중학교 졸업이 얼마 남지 않았을 때는 수많은 고등학교들로부터 이 '재능 있는' 학생들을 스카우트하겠다는 제의가 몰려들었다. 그들은 이제 자신들이 원하는 고등학교를 선택해서 갈 수 있게 되었다. 심지어 캘리포니아에 있는 고등학교에서도 한 학생에게 입학 제안을 했다. 아이들은 서로 헤어지게 되는 것이 가슴 아팠지만, 그 학생에게 캘리포니아에 가라고 설득했다.

한 아이가 말했다.

"우리는 친구에게 입학 제안을 받아들이라고 말했어요."

또 다른 아이가 말했다.

"우리가 매주 편지를 하겠다고 약속했어요."

그러자 세 번째 아이가 말했다.

"사실 우리는 이 세상을 떠날 때까지 변치 않고 만나기로 약속했어요."

그들은 이제 법률가, 회계사, 교사, 컴퓨터 과학자가 되겠다는 포부를 품게 되었다. 전에는 상상도 못할 미래의 꿈이었다. 그들이 꿈을 이룬 뒤에 다시 모이게 되었을 때 또 어떤 놀라운 일이 벌어질지는 아무도 모르는 일이다.

그렇다면 그들 삶으로 빌 홀이라는 이름의 교사와 체스 경기가 들어오기 전에, 그들은 과연 무엇을 하고 있었을까? 내 질문에 아이들은 오랫동안 말이 없었다.

이윽고 한 소년이 대답했다. 그 아이는 이제 법률가가 되고 싶어 했다.

"거리를 배회하면서 인생이 개 같다고 느꼈죠."

또 다른 아이는 고백했다.

"동네 꼬마한테서 점심값을 뜯거나 이따금씩 환각제를 즐겼어요."

세 번째 아이는 이렇게 대답했다.

"방 안에 누워 만화책을 보면서, 아빠한테서 게으름뱅이라는 욕설을 듣는 게 고작이었죠."

그렇다면 교과서가 이들을 특별한 아이들로 변화시켰는가?
그러자 한 아이가 말했다.

"빌 홀 선생님이 우리를 뛰어난 아이들로 인정해주시기 전까지는 전혀 그렇지 않았어요. 실제로 우리는 뛰어난 아이들이거든요."

글로리아 스타이넘

보름달이 뜬 밤

인도 벵골어로 아름다운 시를 써서 노벨문학상을 받은 라빈
드라나트 타고르를 모르는 사람은 거의 없을 것이다. 그의 아버
지는 매우 부유한 영주였다. 그의 땅은 수십 개의 마을을 포함해
수만 평에 이르렀다. 그 땅 한가운데로는 강이 흘렀다.

타고르는 지붕이 얹힌 작은 나룻배를 타고 몇 달씩 이 아름다
운 강 위에서 지내곤 했다. 우거진 아열대의 숲으로 둘러싸여 더
없이 고요하고 한적한 강이었다.

어느 보름달이 뜬 밤에 이런 일이 있었다. 타고르는 다른 날과
마찬가지로 나룻배 안에 앉아 촛불을 켜놓고 크로체가 쓴 미학
책을 읽고 있었다. 크로체는 '아름다움'에 대한 대표적인 저서를

남긴 철학자로, 아름다움이 무엇인지 알면 진리가 무엇인지도 알게 된다고 했다. 크로체는 다양한 시각으로 아름다움이 무엇인가를 사색하는 데 평생을 바쳤다. 타고르도 미의 숭배자였다. 그는 누구보다도 아름답고 미학적인 삶을 살고자 노력했다. 아름다운 시를 지었을 뿐 아니라, 삶 자체가 한 편의 아름다운 시였다.

밤이 깊어 크로체의 난해한 이론에 피곤해진 타고르는 책을 덮고 촛불을 껐다. 잠자리에 들 생각이었다. 그런데 기적이 하나 일어났다. 작은 촛불이 사라지는 순간, 나룻배 창문으로부터 달빛이 춤추며 흘러들어왔다. 달빛이 나룻배 안을 가득 채운 것이다.

한순간 타고르는 침묵에 빠졌다. 그것은 놀랍고도 신성한 경험이었다. 그는 밖으로 걸어나가서 뱃전에 섰다. 고요한 밤, 고요한 숲에 떠오른 달은 너무도 아름다웠고, 강물 역시 숨을 죽이고 천천히 흘러갔다. 타고르는 그날 밤 일기에 이렇게 썼다.

"아름다움이 나를 온통 둘러싸고 있었다. 그럼에도 불구하고 나는 이를 외면한 채 아름다움에 대한 책에 파묻혀 있었다. 아름다움은 책 속에 있는 것이 아니라 세상 속에 있었다. 내가 켜놓은 작은 촛불이 그 아름다움을 가로막고 있었다. 촛불의 연약한 빛 때문에 달빛이 내 안으로 들어올 수가 없었던 것이다."

오쇼 라즈니쉬

나의 그림

어린 소년이 어느 날 학교에 들어갔다.

그는 정말 어린 소년이었다.

그리고 학교는 소년에 비해 무척 컸다.

하지만 정문을 지나면 곧바로

교실이 나타난다는 것을 알고

소년은 행복했다.

학교는 이제 처음처럼

그렇게 크게 느껴지지 않았다.

어느 날 아침, 어린 소년이 수업을 받고 있을 때

선생님이 말했다.

"여러분, 오늘은 그림 공부를 하겠어요."

'좋은데!' 하고 어린 소년은 생각했다.

소년은 그림 그리기를 좋아했다.

사자와 호랑이, 닭과 송아지, 기차와 배

소년은 크레용 상자를 꺼내

그것들을 그리기 시작했다.

그러나 선생님은 말했다.

"기다려요! 아직 시작하면 안 돼요."

선생님은 다른 학생들이 준비가 될 때까지 기다리게 했다.

"자, 그럼 오늘은 꽃을 그리겠어요."

이윽고 선생님은 말했다.

'좋은데!' 하고 어린 소년은 생각했다.

소년은 꽃 그리는 걸 좋아했다.

그래서 분홍색과 노란색과 파란색 크레용으로

아름다운 꽃을 그리기 시작했다.

그러나 선생님은 말했다.

"기다려요! 어떻게 그리는지 내가 가르쳐주겠어요."

선생님은 칠판에다 꽃 한 송이를 그렸다.

그것은 줄기가 초록색인 빨간색 꽃이었다.

선생님은 말했다.

"자, 이제 시작해도 좋아요."

어린 소년은 선생님이 그린 꽃을 바라보았다.

그리고 자기가 그린 꽃도 바라보았다.

소년은 선생님의 그림보다 자기 그림이 더 좋았다.

그러나 어린 소년은 아무 말도 하지 않고 새 종이를 꺼내

선생님이 그려준 것과 똑같은 꽃을 그렸다.

줄기가 초록색인 빨간색 꽃이었다.

다음 날 아침 어린 소년이

정문을 지나면 곧바로 나타나는 교실 문을 열고 들어가자

선생님께서 말씀하셨다.

"여러분, 오늘은 찰흙으로 뭔가를 만들어보겠어요."

'좋은데!' 하고 어린 소년은 생각했다.

소년은 찰흙을 갖고 노는 것을 좋아했다.

소년은 찰흙으로 온갖 것을 만들 수 있었다.
눈사람과 아프리카 뱀, 코끼리와 생쥐, 자동차와 덤프트럭.
소년은 찰흙을 공처럼 만들어 길게 잡아 늘리기도 하고
손바닥으로 둥글게 말기도 했다.

그러나 선생님은 말했다.
"기다려요! 아직 시작할 때가 아니에요."
선생님은 모든 학생들이 준비될 때까지 기다렸다.

"자, 그럼 오늘은 접시를 만들어보겠어요."
이윽고 선생님은 말씀하셨다.
'좋은데!' 하고 어린 소년은 생각했다.
소년은 찰흙으로 접시 만들기를 좋아했다.
그래서 소년은 여러 가지 모양과 크기를 가진
접시들을 만들기 시작했다.

그러나 선생님은 말씀하셨다.
"기다려요! 어떻게 만드는지를 내가 보여주겠어요."

그러고 나서 선생님은 모두에게
바닥이 깊은 접시 하나를 만드는 법을 보여주었다.
선생님은 말했다.
"자, 이제 시작해도 좋아요."

어린 소년은 선생님이 만든 접시를 바라보고
또 자신이 만든 접시를 바라보았다.
소년은 선생님이 만든 접시보다 자기 접시들이 더 좋았다.
그러나 어린 소년은 아무 말 없이
찰흙을 다시 둥근 공처럼 뭉쳐서
선생님 것과 똑같은 접시를 만들었다.
그것은 바닥이 깊은 접시였다.

머지않아서 어린 소년은
기다리는 법과
지켜보는 법과
선생님과 똑같은 것을 만드는 법을 배웠다.
그리고 머지않아서 소년은
더 이상 자신의 것을 만들 수 없게 되었다.
그러다가 어린 소년의 가족은

다른 도시에 있는 다른 집으로 이사를 가게 되었다.

그래서 소년은 다른 학교에 다녀야만 했다.

이 학교는 다니던 학교보다 훨씬 더 큰 학교였다.

그리고 정문에서 곧장 교실을 향해 걸어갈 수도 없었다.

어린 소년은 높은 계단들을 올라가서

긴 복도를 한참 걸어가야

교실로 들어갈 수 있었다.

첫째 날 선생님이 말했다.

"여러분, 오늘 우리는 그림을 그려보겠어요."

'좋은데!' 하고 어린 소년은 생각했다.

그리고 나서 소년은

선생님이 어떻게 그리라고 말할 때까지 기다리고 있었다.

그러나 그 선생님은 아무 말도 없었다.

그냥 교실 안을 걸어다니기만 했다.

어린 소년이 앉아 있는 자리로 온 선생님이 물었다.

"넌 그림을 그리고 싶지 않니?"

어린 소년은 말했다.

"그리고 싶어요. 그런데 무슨 그림을 그릴 거죠?"

그러자 선생님이 말했다.

"무슨 그림을 그리는가는 너한테 달렸지."

"어떻게 그리죠?" 하고 어린 소년은 물었다.

선생님이 말했다.

"네가 그리고 싶은 대로 그리렴."

"무슨 색을 칠하죠?"

"아무 색이나 칠하렴."

그러고 나서 선생님은 말했다.

"만일 모든 사람이 똑같은 그림을 그리고

똑같은 색을 칠한다면

그것이 누구의 그림인지 어떻게 알 수 있겠니?"

"네, 알 수 없어요" 하고 어린 소년은 대답했다.

그래서 어린 소년은

분홍색과 노란색과 파란색 꽃을 그리기 시작했다.

어린 소년은 새 학교가 좋았다.

정문을 지나면 곧장 교실이 나타나지 않는다 해도.

헬렌 버클리

나는 교사다

나는 교사다.

아이들의 입에서 질문이 시작되는 바로 그 순간에 나는 태어났다.

난 여러 장소에서 여러 사람의 모습으로 존재해왔다.

난 질문을 이용해 아테네 청년들에게 새로운 사상을 발견하도록 자극하던 소크라테스이다.

난 헬렌 켈러가 내민 손바닥에 우주의 비밀을 두들겨주던 앤설리번이다.

난 수많은 이야기들을 통해 진리를 보여준 이솝이고, 한스 안데르센이다.

난 모든 아이들이 교육받을 권리를 위해 투쟁한 마르바 콜린스이다.

난 오렌지 담는 상자로 책상을 만들어 위대한 대학을 설립한 메리 맥클라우드 베튠이다.

그리고 난 '내려가는 계단을 올라가려고' 한 벨 코프먼이다.

인류를 위한 명예의 전당에 명단이 올라간 사람들, 이를테면 부처, 공자, 노자, 장자, 랠프 월도 에머슨, 레오 버스카글리아, 모세, 예수…… 이들 모두가 나와 같은 직업을 가졌다.

나는 또한 얼굴과 이름은 잊혔지만 그 가르침만은 제자들에게 이어져 늘 기억에 남는 사람이다.

난 제자의 결혼식장에서 기쁨의 눈물을 흘렸으며, 그 아이들이 태어날 때 함께 웃었고, 그들이 너무도 젊은 나이에 세상을 떠났을 때 무덤 앞에서 고개를 떨구고 슬피 울었다.

하루의 수업 중에서 난 때로는 배우이고, 친구이고, 간호사이고, 의사이며, 운동 경기의 감독이자, 분실물을 찾아주는 사람이다. 돈을 빌려주는 사람이기도 하며, 택시 기사이기도 하고, 정신과의사, 대리 부모, 정치인, 신앙인이기도 하다.

온갖 지도와 목록과 공식, 명사와 동사 변화, 이야기와 책을 가지고 있지만 난 사실 가르칠 것이 없다. 왜냐하면 학생들이 진정으로 배워야 할 것은 바로 자기 자신이니까. 그리고 난 그들 자신이 누구인가를 가르치기 위해선 온 세상이 다 필요하다는 걸 아니까.

난 하나의 역설이다. 가장 귀 기울여 들어야 할 때 가장 큰 소리로 말한다. 내게 있어 가장 큰 선물은 내가 학생들로부터 감사하게 받는 것 안에 있다.

물질적인 부는 나의 목표가 아니다. 난 하루 종일 보물찾기하는 사람과 같다. 학생들이 각자의 재능을 이용해 새로운 기회를 붙잡을 수 있도록. 때로 패배감 속에 파묻혀 있는 그들의 재능을 끝없이 찾아내려고 노력한다.

난 모든 직업 중에서 가장 복된 직업을 갖고 있다.

의사는 한순간에 마술적으로 한 생명을 세상에 태어나게 하는 재능을 지녔다. 난 새로운 질문과 사상, 그리고 우정 속에서 매 순간 새로운 인생이 시작되는 걸 지켜보도록 허락받았다.

건축가는 공들여 세운 건물이 수세기 동안 서 있으리라는 사실을 안다. 교사는 사랑과 진리로 건물을 세우면, 그 건물이 영원히 서 있으리라는 걸 안다.

날마다 난 부정적인 시각, 두려움, 안주하려는 마음, 편견, 무지, 무관심과 싸우는 전사이다. 하지만 내게는 훌륭한 동지가 있다. 바로 지성, 호기심, 학부모의 뒷받침, 개성, 창조성, 신뢰, 사랑과 웃음이다. 그들이 끝없는 후원을 보내며 내게로 깃발을 날리며 달려온다.

내가 이런 행운을 누리면서 아름다운 인생을 보내게 해주는 이들은 바로 학부모다. 난 그들에게 가장 감사한다. 왜냐하면 자신의 소중한 아이들을 나에게 믿고 맡기기 때문이다.

그리고 난 온갖 추억들로 가득한 과거가 있다. 모험과 도전과 흥미로 가득한 현재도 있다. 왜냐하면 난 하루하루를 미래와 함께 보내도록 허락받았으니까.

나는 교사다. 그 사실에 날마다 신께 감사드린다.

존 슐래터

동물학교

어느 날 동물들이 모여서 회의를 했다. 그들은 다가오는 '새로운 미래'의 문제에 대처할 수 있는 어떤 기념비적인 일을 시작해야 한다고 입을 모았다. 그래서 그들은 학교를 만들기로 했다.

그들은 달리기, 나무 오르기, 날기, 헤엄치기 등의 과목을 만들었다. 교육 과정을 원활하게 진행하기 위해 모든 동물들이 한 과목도 빠지지 않고 모두 공부해야 했다.

오리는 수영에서 실로 눈부신 실력을 발휘했다. 사실 수영을 가르치는 교사보다 오리가 훨씬 뛰어났다. 그러나 오리는 날기에서는 겨우 낙제를 면했으며, 달리기는 더 형편없었다.

달리기 점수가 너무 낮았기 때문에 오리는 방과 후에도 혼자 남아 연습해야 했으며, 달리기 연습을 위해 수영을 포기해야만 했다. 달리기 연습을 너무 많이 한 나머지 발의 물갈퀴가 너덜너덜해졌고, 그 결과 수영에서도 평균 점수를 겨우 받았다. 그러나 학교에서는 평균 점수만 받아도 다음 학년으로 무난히 진급할 수 있었기 때문에 오리를 제외하고는 아무도 그 문제를 심각하게 생각하지 않았다.

토끼는 달리기에서 선두를 차지하며 당당하게 학교 수업을 시작했다. 그러나 수영의 기초를 배우느라 물속에 너무 많이 들어가 신경쇠약증에 걸리고 말았다.

다람쥐는 나무 오르기에서 따를 자가 없었다. 그러나 날기 시간에는 교사가 땅바닥이 아닌 나무 꼭대기에서부터 날기 연습을 시키는 바람에 좌절감만 커져갔다. 그리고 무리한 날기 연습 때문에 근육에 쥐가 자주 났으며, 그 결과 나무 오르기와 달리기 모두 낮은 점수를 받았다.

독수리는 문제아였다. 그래서 혹독한 훈련을 받아야만 했다. 나무 오르기에서는 꼭대기에 올라갈 때까지 큰 날개를 퍼덕여 다른 학생들을 방해하는 바람에 자주 지적을 받았다. 독수리는 교사에게 자기 나름의 방식으로 나무 꼭대기까지 올라가게 해달라고 주장했지만, 끝내 받아들여지지 않았다. 그 결과 누구보다도 가장 높이 날고 탁월한 활공 능력을 가진 독수리였건만 졸업할 때까지 끝끝내 문제아 취급을 받을 수밖에 없었다.

학년이 끝날 무렵, 수영도 곧잘 하고 달리기와 오르기와 날기까지 약간 할 줄 아는 비정상적인 뱀장어가 가장 높은 점수를 얻어, 졸업식장에서 답사를 읽는 학생으로 뽑혔다.

한편 대초원에 사는 야생 개들은 학교에서 땅파기와 굴파기를 과목에 포함하지 않는 바람에 남들처럼 학교에 입학할 수 없었다. 그들은 학교 밖에서 힘들게 일하면서도 교육과 관련된 세금을 꼬박꼬박 내야만 했다. 그들은 자기 자식들을 오소리에게 보내 개인지도를 받게 했으며, 훗날 마멋(다람쥣과 동물의 일종으로 그라운드호그라고도 부름)과 땅다람쥐(굴을 파서 땅속에서 사는 북미산 쥐)와 힘을 합쳐 사립학교를 지어 성공을 거두었다.

이 우화가 주는 교훈은 무엇일까?

조지 레비스

잃어버린 짐

인도를 여행하던 나는 북인도 사막지대인 자이푸르에서 조드푸르로 가는 특급 열차의 일등칸에 탔다. 내가 탄 칸에는 매우 화목해 보이는 인도인 가족이 있었다. 나는 여행 가이드북에서 배운 대로 배낭에 자물쇠를 채워서 수하물 선반에 설치된 쇠사슬에 묶어놓았다.

그리고 인도 여행 중 처음으로 지갑 벨트를 풀어 배낭 속에 집어넣었다. 사막을 건너는 동안 허리에 차고 있으면 덥기도 하거니와 땀이 안으로 흘러들어가기 때문이다. 나는 지난번 여행에서 번번이 땀에 흠뻑 젖은 1백 루피짜리 지폐를 꺼내곤 했다.

역시나 인도답게 기차는 20분 간격으로 멈춰 섰으며, 그럴 때마다 한 무리의 사람들이 떼를 지어 몰려와서 창문을 통해 차나 시원한 음료, 과자를 사라고 고함을 쳤다. 여행의 절반쯤 갔을 때 나는 물이 얼마 남지 않았음을 알았다.

무더운 날씨에 탈수증에 걸릴까봐 걱정이 된 나는 다음 역에서 물을 더 사야겠다고 마음먹었다. 같은 칸에 탄 인도인 가족은 기차가 5분 내지 10분 정도 정차할 것이라고 자신 있게 말했다. 나는 기차가 서자마자 물을 사려고 뛰어갔다. 그런데 불행히도 플랫폼에는 물 파는 곳이 없었다. 그래서 나는 역 바깥에 늘어선 가게로 달려갔다. 물 파는 곳을 물을 때마다 인도인들은 멍하니 나를 쳐다보기만 했다. 그들은 나에게 이렇게 말하는 듯했다.

'저기 수도꼭지가 있지 않은가? 왜 병에 든 물을 사 마시느라고 돈을 낭비하지? 별 이상한 친구 다 보겠어.'

영어도 잘 통하지 않았다. 마침내 나는 물 사는 걸 포기하고 망고 주스 두 상자를 샀다. 그러느라 4분 정도가 지체되었다. 돈을 내자마자 나는 황급히 역 안으로 달려갔다.

플랫폼에는 텅 빈 선로만 있었다. 기차는 어디론가 가버리고 없었다. 그 순간의 당혹스러움과 공포를 평생 잊지 못할 것이다. 그런 일이 영국에서 일어났다 해도 마찬가지였을 것이다. 그런데 그곳은 다름 아닌 인도였다! 악몽이 현실로 일어난 것이다.

내가 가진 모든 것이 그 기차 안에 있었다. 배낭, 옷, 카메라,

필름, 의약품, 대부분의 돈, 그리고 여권과 여행자수표가 든 지갑 벨트까지. 내가 가진 것은 입고 있는 옷과 100루피(1루피는 30원 정도) 정도의 잔돈, 그리고 열 개들이 망고 주스 두 박스뿐이었다.

나는 미친 듯이 플랫폼을 뛰어다니며 사람들에게 기차가 어디로 갔는지 물었다. 선로에는 아무런 흔적도 남아 있지 않았다. 머리에 터번을 두른 한 인도인이 느릿느릿 먼 방향을 손짓하는 걸로 보아 기차가 날 내려놓고 떠나버린 게 분명했다.

나는 정신없이 역장 사무실로 달려가서 숨을 헐떡거리며 무슨 일이 일어났는지 설명했다. 그런데 영어를 거의 이해하지 못하는 역장은 종이를 꺼내더니 내가 말하고자 하는 바를 적으라고 요구했다.

내 생애에서 가장 좌절스러웠던 30분이었다. 내 짐이 기차에 실려 메마른 사막지대 저 멀리 달려가고 있는 동안 나는 볼펜과 종이를 들고 씨름을 해야만 했다.

나는 또다시 냉정을 잃기 시작했다. 인도인답게 역장은 모든 상황을 알고도 마음의 평정을 잃지 않았다. 나는 코미디언이 되지 않으려고 애를 쓰면서도, 욕을 하고 벽을 주먹으로 치고 가구들을 발로 차기도 하면서 역장실 안을 우왕좌왕했다. 이미 근처에 있던 인도인들이 구름처럼 몰려와 문짝에 기대 나를 지켜보고 있었다.

절망적인 상황에서 내 머릿속에 떠오른 것은 우스꽝스럽게도 영국 텔레비전 코미디 프로에서 호텔 주인이 멕시칸 웨이터에게 "우리 둘 중 한 사람이 까무러치기 전에 제발 내 말 좀 이해해다오!" 하고 소리치던 대사였다.

역장과 몇 장의 종이를 주고받은 끝에 내가 알게 된 사실은, 45킬로미터 떨어진 다음 정거장이자 조드푸르 전 정거장인 데가나 역에 내 짐을 내려놓도록 해보겠다는 것이었다. 그 후 데가나 역이라는 이름은 영원히 내 기억 속에 새겨지게 되었다.

역장은 느릿느릿 데가나 역으로 전화를 걸었다. 아무리 봐도 내 눈에는 그것이 전혀 자신감 있는 시도로 보이지 않았다. 전화는 자꾸만 끊겼다. 게다가 전화는 손잡이를 돌리는 수동식이었다. 고통스런 30분간의 기다림 끝에 마침내 데가나 역에서 연락이 왔다. 내 짐이 그곳에 도착했다는 것이었다.

짐이 무사한지 믿을 수 없던 나는 다음 기차가 짐을 싣고 돌아올 때까지 기다리며 앉아 있을 수 없었다. 결국 자동차로 데가나 역으로 가서 짐을 찾기로 결심한 나는 가능한 한 빨리 그곳까지 갈 수 있는 차를 물색하기 위해 기차역과 택시 정류장 사이를 육상선수처럼 두 번이나 왕복했다.

마침내 나는 두 시간 거리에 250루피의 택시비를 지불하기로 했다. 터무니없는 요금이었다. 그들도 바보는 아니었다. 내가 당황했을 때 이미 사태를 알아차린 것이다.

이 무렵 나는 한 무리의 팬클럽이 생겼다. 서른 명이 넘는 인도인들이 괴상한 서양인 친구가 다음에 어떤 행동을 할지 구경하기 위해 내가 이동할 때마다 우르르 따라다녔다. 그들은 나보다 더 열심히 달리고, 나보다 더 큰 소리로 외치며, 더 열심히 손을 흔들고, 더 세게 가구들을 쥐어박았다. 그들은 내가 다시 상점으로 뛰어가서 사막을 통과하려면 망고 주스 두 박스가 더 필요하다고 설명하자 까무러치도록 신나했다. 상점 주인은 입이 벌어졌고, 인도인들은 서양인 여행자가 망고 주스로 가득한 두 개의 비닐봉지를 들고 마지막을 장식하며 택시에 뛰어오르자 일제히 박수를 쳤다.

택시를 타고 가는 길은 마치 영원처럼 길게 느껴졌다. 하지만데가나 역에 도착하니 정말로 내 짐이 그곳에 있었다. 그것도 손댄 흔적 하나 없이!

그들은 선반의 쇠사슬을 절단해 배낭을 내렸을 뿐 아니라, 잠겨 있지 않은 주머니와 뚜껑 주머니에 들어 있던 내용물들을 꺼내 비닐봉지에 넣고 봉해놓았다. 아무도 그것들을 건드리지 않았음을 입증하기 위해서였다. 그들은 짐은 잘 정리해 자물쇠가 달린 벽장에 보관해놓았다. 놀라운 조직력이었다.

나는 음식과 음료수를 대접받았다. 역장이 자기 집에서 직접 음식을 가져온 것이다. 그들은 내게 자신들이 어떤 과정을 거쳐 짐을 내렸는가를 설명했다. 그런 다음 나는 다른 기차를 타고 조드푸르로 갈 수 있게 되었다. 새 기차표가 아니라 이미 갖고 있는 기차표로 말이다.

나는 다음 날 새벽 5시에 조드푸르로 가는 야간열차에 안전하게 올라탔다. 그곳에 도착해 잠에서 깨었을 때는 이 모든 일이 꿈만 같았다.

나는 떠나면서 감사의 표시로 데가나 역의 직원들에게 약간의 돈을 사례하려 했지만 그들은 정중히 사양했다. 감사 표시를 하고 싶다면 내가 가진 카메라로 단체 사진을 찍어서 나중에 한 장 보내달라고 했다.

나는 내가 무척 행운아였다고는 생각하지 않는다. 도둑과 소매치기로 가득하다는 인도의 기차 여행은 내가 들었던 사실과 달랐다. 새벽에 조드푸르에 도착했을 때 나는 인도와 인도인이 더욱 새롭고 신비하게 느껴졌다.

프랜시스 베이커

내가 알아야 할 모든 것은
유치원에서 배웠다

어떻게 살 것이며, 무엇을 할 것인가, 그리고 어떤 사람이 될 것인가에 대해 내가 정말 알아야 할 모든 것을 나는 유치원에서 배웠다.

지혜는 대학이라는 산꼭대기가 아니라 유치원 모래 상자 속에 있었다.

내가 유치원에서 배운 것은 다음과 같다.

무엇이든지 나눠 가져라.

페어플레이를 하라.

남을 때리지 마라.

사용한 물건은 항상 제자리에 갖다놓아라.

네가 어지럽힌 것은 스스로 치워라.

자기 물건이 아니면 손대지 마라.

남에게 상처를 줬으면 반드시 미안하다고 말하라.

밥 먹기 전에는 손을 씻어라.

화장실을 쓴 다음에는 꼭 물을 내려라.

따뜻하게 데운 과자와 찬 우유는 몸에 좋다.

균형 잡힌 생활을 하라. 배우고, 생각하고, 그림을 그리고, 노래도 부르고, 춤도 추고, 밖에 나가 놀기도 하고, 무엇이든지 날마다 조금씩 일을 하라.

오후에는 꼭 낮잠을 자도록 하라.

세상 밖으로 나갈 때는 차를 조심할 것이며, 서로 손을 잡고 의지하라.

세상의 경이로움에 눈을 떠라.

플라스틱 컵에 심은 작은 씨앗을 기억하라. 뿌리가 내리고 싹이 올라오지만, 어떻게, 왜 그렇게 되는지는 아무도 알지 못한다. 우리의 삶 또한 그런 것이다.

금붕어와 애완용 쥐와 흰 쥐, 그리고 당신이 플라스틱 컵 안에 심은 작은 씨앗조차도 모두 다 죽는다. 우리 역시 언젠가는 죽는다.

동화책에서 읽은 내용들을 언제나 기억할 것이며, 네가 태어

나서 처음 배운 가장 중요한 단어인 "이것 좀 봐!"를 잊지 마라.

당신이 알아야 할 모든 것이 여기에 들어 있다.

"무엇이든지 남에게 대접을 받고자 하는 대로 너희도 남을 대접하라"는 성경의 황금률과 사랑과 기본적인 위생 관념이 이 안에 있다. 그리고 환경문제와 정치학과 건전한 생활 방식까지도.

만일 우리 모두가, 아니 온 세상 사람이 매일 오후 3시쯤 따뜻한 과자와 우유를 먹고 나서 담요를 덮고 낮잠을 잔다면 얼마나 좋은 세상이 될지 생각해보라. 또 모든 나라에서 자신이 사용한 물건은 제자리에 갖다두고, 자기가 어지럽힌 물건은 스스로 치우는 것을 기본 정책으로 삼는다면 세상이 얼마나 좋아지겠는가.

그리고 당신이 나이를 얼마나 먹었든, 세상 밖으로 나갈 때는 서로 손을 꼭 잡고 의지하는 것이 좋다는 것은 변함없는 진리이다.

로버트 풀검

영원한 나의 편

누구든지 국가와 인류에게 공헌할 수 있는
가장 위대한 방법은 훌륭한 가정을 만드는 것이다.

조지 버나드 쇼

아이들은 삶 속에서 배운다

만일 아이가 비판 속에서 자라면
그 아이는 비난하는 걸 배운다.

만일 아이가 적대감 속에서 자라면
그 아이는 싸우는 걸 배운다.

만일 아이가 두려움 속에서 자라면
그 아이는 걱정부터 배운다.

만일 아이가 동정을 받고 자라면

그 아이는 자신에 대해 슬퍼하는 걸 배운다.

만일 아이가 비웃음 속에서 자라면
그 아이는 부끄러움을 배운다.

만일 아이가 질투 속에서 자라면
그 아이는 시기심을 배운다.

만일 아이가 수치심 속에서 자라면
그 아이는 죄책감부터 배운다.

그러나 만일 아이가 참을성 있는 부모 밑에서 자라면
그 아이는 인내심을 배운다.

만일 아이가 격려 속에서 자라면
그 아이는 자신감을 배운다.

만일 아이가 칭찬 속에서 자라면
그 아이는 감사하는 법을 배운다.

만일 아이가 무엇이든지 허용되는 분위기 속에서 자라면
그 아이는 스스로를 좋아하는 법을 배운다.

만일 아이가 자신이 받아들여지는 환경 속에서 자라면
그 아이는 세상을 사랑하는 법을 배운다.

만일 아이가 인정을 받으며 자라면
그 아이는 삶의 목표를 가지도록 배운다.

만일 아이가 나눔 속에서 자라면
그 아이는 자비로운 마음을 배운다.

만일 아이가 정직함과 공정함 속에서 자라면
그 아이는 진리와 정의가 무엇인가를 배운다.

만일 아이가 안전함 속에서 자라면
그 아이는 자신은 물론 주위 사람을 향한 신뢰를 배운다.

만일 아이가 친근함 속에서 자라면
그 아이는 세상은 살아가기에 멋진 곳이라는 사실을 배운다.

만일 아이가 평화로움 속에서 자라면

그 아이는 마음의 평화를 배운다.

당신의 아이들은 지금 어떤 환경에서 자라고 있는가?

도로시 놀트

내가 아버지를 선택한 이유

나는 드넓게 펼쳐진 아이오와 주의 아름다운 농장에서 자랐다. 나를 키운 부모님은 흔히 말하듯 '지상의 소금이자 공동체의 중심인물'인 분이었다. 두 분은 내가 알고 있는, 좋은 부모가 되는 데 필요한 모든 걸 갖추고 계셨다. 늘 사랑을 간직하셨고, 기대를 품고 자기를 존중하는 긍정적인 사고방식으로 자식들을 키우는 데 힘을 쏟았다.

두 분은 우리가 아침과 저녁에 할 일들을 미루지 않기를 바랐고, 제 시간에 학교에 가고, 일정 수준의 성적을 유지하며, 무엇보다도 선한 인간이 되기를 기대했다.

우리는 모두 여섯 남매이다. 세상에, 여섯 명이라니!

그토록 자식이 많은 집안에 태어나는 것은 내 본래 의도가 아니다. 하지만 태어나기 전에 아무도 내 의견을 묻지 않았으니 어쩔 도리가 없었다. 설상가상으로 나는 다른 지역도 아닌, 기후가 가장 거칠고 혹독하기로 유명한 미국 중심부의 벌판에서 태어났다. 다른 형제들과 마찬가지로, 나는 틀림없이 우주의 프로그램에 대착오가 일어나서 내가 엉뚱한 가정에, 또한 결정적으로 잘못된 고장에 태어나게 된 것이라고 믿었다.

나는 어린 시절부터 악조건들을 극복하면서 살아나가야 하는 것이 싫었다. 아이오와 주에선 겨울이면 그야말로 혹한이 닥쳐와 모든 게 얼어붙는다. 따라서 한밤중에 일어나 집에서 키우는 가축들이 얼어 죽지 않고 잘 살아 있는지 확인하기 위해 날마다 순찰을 돌지 않으면 안 된다. 갓 태어난 새끼들은 곳간으로 옮겨 놓고, 얼어 죽지 않도록 몸을 따뜻하게 녹여줘야만 했다. 아이오와의 겨울은 그만큼 춥다!

아버지는 미남에다 건강하고, 카리스마가 있으며, 에너지가 넘치는 남자였다. 또한 무척 활동적인 분이셨다. 우리는 늘 경탄의 눈으로 아버지를 바라보곤 했다. 우리 모두는 아버지를 무척 존경했으며 언제나 높은 점수를 주었다.

난 이제 그 이유를 알 것 같다. 그분의 삶은 일관성이 있었다. 아버지는 고귀한 인격의 소유자셨고, 고결한 신조를 지닌 농부였다. 자신이 선택한 농사일에 아버지는 열정을 다 쏟았다. 아버지는 농사일의 대가였다. 특히 동물을 키우고 돌보는 일에 탁월한 재능이 있었다. 아버지는 대지와 하나가 된 느낌을 받았고, 곡식을 심고 거두는 일에 큰 자부심을 느꼈다.

아버지는 제철이 아니면 사냥을 하지 않으셨다. 사슴과 꿩과 메추라기, 그리고 다른 사냥감들이 떼를 지어 우리의 농장지대에서 어슬렁거려도 절대로 총을 잡지 않으셨다. 그리고 자연에서 나온 것이 아니면 사용하지 않았으며 땅에 인공 비료를 쓰거나 동물에게 인공 사료 먹이는 걸 반대하셨다.

아버지는 우리에게 그렇게 해야만 하는 이유를, 또 우리 역시 같은 생각을 가져야만 하는 이유를 설명해주셨다. 지금 돌이켜보면 아버지는 정말 양심적인 분이었다. 왜냐하면 그때는 1950년대 중반이었고, 지구 차원의 환경 보호 운동이 일어나기 전이었으니까.

아버진 참을성이 그다지 많은 분은 아니셨다. 하지만 한밤중에 일어나 가축의 상태를 확인하는 일은 한 번도 거른 적이 없었다. 이 시기에 맺어진 나와 아버지의 관계는 내 가슴 속 깊은 곳에 남게 되었다. 그것은 내 삶에 큰 변화를 가져다주었다. 그리고 아버지에 대해 많은 걸 배울 수 있었다.

나는 사람들이 자신의 아버지와 많은 시간을 보내지 못했다는 이야기를 종종 듣는다. 사실 오늘날 많은 남성들의 가슴 속에는 잘 알지 못하고 지나쳐버린 아버지의 내면세계에 대한 결핍감이 늘 자리 잡고 있다. 그러나 난 아버지에 대해 많은 걸 알았다.

그 무렵 나는 아버지가 가장 아끼는 자식이 바로 나라고 믿고 있었다. 물론 나머지 다섯 자식도 제각기 그런 은밀한 믿음을 갖고 있었을 것이다.

거기엔 좋은 점도 있고 나쁜 점도 있었다. 나쁜 점이란, 아버지가 한밤중의 순찰과 새벽녘의 마구간 점검의 동반자로 항상 나를 선택하셨다는 것이다. 나는 따뜻한 잠자리를 떠나 추운 바깥으로 나가야만 했다. 난 그것이 죽기보다 싫었다. 그 시절 아버지는 최선을 다하셨고 자식에 대해 변치 않는 애정을 보이셨다. 자식에 대해선 누구보다도 이해심 많고 참을성이 있었으며, 부드러움을 잃지 않으셨다. 또한 우리의 좋은 대화 상대가 되어주셨다. 목소리는 늘 다정했으며, 미소를 지을 때면 왜 어머니가 아버지에게 반하셨는지 알 것도 같았다.

그 시절, 아버지는 우리에게 훌륭한 교사가 되셨다. 아버지는 늘 사물이 왜 그러하며 그 원리가 무엇인지에 초점을 맞추셨다. 순찰을 한 바퀴 다 도는 동안 한 시간이나 한 시간 반이 넘도록 많은 이야기를 들려주셨다. 전쟁의 체험을 말씀하시면서, 자신

230

이 참여한 전쟁이 왜 일어났으며, 그 지역과 그곳에 사는 사람들이 어떠했고, 전쟁의 결과와 여파가 무엇이었는지도 이야기해주셨다. 또한 당신께서 살아오신 이야기를 많이 들려주셨다. 그 결과 나는 학교에서 역사 과목에 가장 큰 흥미를 갖게 되었다.

아버지는 또 여행을 통해 무엇을 얻었는지, 세상을 두루 구경하는 것이 왜 그렇게 중요한지에 대해 말씀하셨다. 아버지는 우리에게 여행의 필요성과 여행에 대한 애정을 심어주셨다. 그래서인지 나는 서른 살도 되기 전에 서른 개가 넘는 나라에서 일을 하거나 여행을 했다.

아버지는 배움에 대한 필요성도 일깨워주셨다. 우리가 배우는 일을 사랑해야 한다고 아버진 말씀하셨다. 학교 교육이 왜 필요한지에 대해서, 그리고 지식과 지혜의 차이점에 대해서도 설명해주셨다. 아버지는 내가 고등학교에 입학하자 좋은 성적을 내길 무척 바라셨다.

"넌 할 수 있어."

아버진 늘 그렇게 용기를 주셨다.

"넌 부레스 집안의 딸이야. 넌 재능이 있어. 게다가 넌 선한 마음을 갖고 있다. 네가 부레스 집안의 자랑스러운 딸이라는 사실을 잊지 말거라."

그러니 아버지를 실망시킬 수가 없었다. 나는 어떤 과목이든지 항상 자신감을 갖고 도전했다. 마침내 나는 박사학위를 딴 다음에 또다시 두 번째 학위를 땄다. 첫 번째는 아버지를 위한 것이었고, 두 번째는 나 자신을 위한 것이었다. 하지만 두 개의 학위를 쉽게 따낼 수 있었던 건 전적으로 아버지가 나에게 심어주신 호기심과 탐구심의 결과였다.

아버지는 가치관과 가치 기준에 대해, 그리고 인격의 발달과 그것이 한 사람의 삶에서 어떤 의미가 있는지에 대해 자주 말씀하셨다. 나는 현재 그와 비슷한 주제의 책들을 쓰고 강의를 하며 살아가고 있다.

아버지는 또 인생에서 어떤 결정을 내리고 이를 돌아보는 법, 그리고 어느 시점에서 그 결정을 포기해야 하며 때로는 역경이 닥쳐와도 끝까지 그것을 밀고 나가는 법에 대해 설명하셨다. 아버지는 소유나 획득뿐 아니라 존재와 존재의 성장에 대해 말씀하셨다. 난 아직도 아버지가 해주신 말을 곧잘 사용한다.

"절대로 너의 가슴만은 남에게 팔지 마라."

아버지는 본능에 따른 직관을 이야기하면서, 그것과 감정적인 판단을 구분하는 법, 그리고 남에게 놀림감이 되지 않는 법을 이야기해주셨다.

아버지는 말씀하셨다.

"언제나 너의 본능적인 직관에 귀를 기울여라. 너에게 필요한 모든 해답이 이미 네 안에 있음을 알아라. 혼자 조용히 보내는 시간을 갖도록 해라. 마음을 조용히 가라앉히고 네 안에 있는 해답을 발견하고, 그것들에 귀를 기울여라. 네가 가장 사랑하는 일을 찾고, 그것을 표현하는 삶을 살아라. 너의 목표는 네가 가진 가치관에서 나와야 한다. 그렇게 해야만 네가 하는 일이 네 가슴이 바라는 것과 일치하게 된다. 이것이 네 인생을 낭비하는 어리석은 방황으로부터 널 지켜줄 것이다. 너의 삶은 곧 너의 시간이다. 네게 주어진 시간만큼 넌 성장하게 될 것이다."

아버진 또 말씀하셨다.

"네 주위 사람들을 돌보아야 한다. 그리고 언제나 너의 어머니인 이 대지를 존중해야 한다. 네가 어느 곳에서 살든지, 나무와 하늘과 흙이 바라보이는 장소를 선택해라."

나의 아버지!

그분이 얼마나 자식들을 사랑하고 높이 평가했는지를 추억할 때면, 난 아버지에 대해 잘 모르는, 한 인간 속에 깃들인 인격과 윤리와 감수성의 힘을 결코 느끼지 못하는 젊은 세대에게 진심으로 연민을 느낀다. 나의 아버지는 당신이 말씀하시는 것 그대로의 삶을 사셨다. 그리고 나는 아버지가 늘 내게 진지하셨음을 안다. 아버지는 나를 가치 있는 인간으로 대하셨으며, 나 역시 그 가치를 알게 되기를 바라셨다.

아버지가 전해준 메시지들은 내겐 정말로 의미 있는 것들이었다. 왜냐하면 난 그분이 삶을 살아가는 방식에서 어떤 모순도 본 적이 없기 때문이다. 아버지는 늘 삶에 대해 사색하셨고, 날마다 그런 삶을 살았다.

아버지는 농장 몇 개를 사서 그곳에 많은 시간을 쏟으셨다. 아버지는 그때와 마찬가지로 여전히 활동적이다. 아버지는 한 여자와 결혼해서 평생 그 여자만을 사랑하셨다. 어머니와 아버지가 결혼하신 지 50년이 다 되어가지만 두 분은 여전히 변함없는 연인이다. 두 분은 내가 지금까지 보아온 가장 아름다운 연인임이 틀림없다.

아버지는 자신의 가족을 더없이 사랑하셨다. 나는 아버지가 약간 지나치게 자식들을 보호하고 소유하려 한다고 생각했었다. 그러나 한 사람의 부모가 된 지금 그렇게 해야 할 필요성을 느끼고, 아버지의 심정을 이해하게 되었다. 아버지는 자식들을 홍역으로부터 보호해주셨고, 파괴적인 악행에 우리를 잃는 것도 단호히 거부하셨다. 또한 우리를 책임감 있고 자기 자신을 지킬 줄 아는 성인으로 키우기 위해 아버지가 얼마나 굳은 의지를 가지셨는지 나는 안다.

지금도 아버지의 자식 중 다섯은 불과 몇 킬로미터 떨어지지 않은 지역에서 살고 있으며, 모두 그분 삶의 방식을 그대로 따르고 있다. 모두 헌신적인 배우자와 부모가 되었으며, 농사일을 천직으로 삼았다. 또한 모두 자기들이 속한 공동체의 중심인물이 되어 살아가고 있다.

나 혼자만 삐딱한 자식이 되었는데, 아무래도 아버지가 날마다 한밤중 순찰에 나를 데리고 다녔기 때문이라고 생각한다. 나는 나머지 다섯 명과는 다른 방향으로 접어들었다. 나는 현재 교육학자와 카운슬러의 길을 걷고 있으며, 대학에서 강의를 맡고 있다. 또한 내가 어린 시절에 배운 자기 존중의 중요성을 나누기 위해 부모와 자녀들을 위한 몇 권의 책을 썼다. 내가 내 딸에게 전하는 메시지들도 약간 다른 형식이긴 하지만 결국 아버지에게서 배운 가치관임을 고백하지 않을 수 없다. 물론 나 자신의 삶의 경험도 그 속에 녹아들어 있다. 그것들은 그렇게 대를 이어 전해져 내려갈 것이다.

여기에서 내 딸에 대해 살짝 소개해야 할 것 같다. 그 아이는 매년 세 가지의 운동 종목에서 상을 받는, 키가 170센티미터의 말괄량이이며, 미스 틴에이지 캘리포니아 콘테스트의 최종 선발전에 오르기도 했다. 성적도 항상 A학점을 오르내린다. 그러나 그 아이한테서 발견할 수 있는 나의 부모님의 유산은 외모나 성적만이 아니다. 내 딸을 아는 사람들은 그 아이가 친절하고, 영적이고, 외부로 발산되는 특별한 내면의 에너지를 갖고 있다고 말한다. 나의 부모님이 가진 본질적인 특징이 손녀에게 전해져 내려온 셈이다.

자식을 존중하며, 헌신적인 부모가 되기 위한 두 분의 노력은 우리의 삶뿐 아니라 두 분의 삶에도 깊은 영향을 미쳤다. 내가 이 글을 쓰는 지금, 아버지는 미네소타 주 로체스터의 마요 병원 근처에 계신다. 일주일 가까이 걸리는 종합 건강 검진을 받기 위해서다. 지금은 12월이다. 혹한의 겨울이기 때문에 아버지는 병원 근처의 호텔에 묵고 계신다. 집안일 때문에 어머니는 처음 며칠만 아버지와 함께 지내시다가 집으로 돌아가셨다. 그래서 두 분은 크리스마스이브를 서로 떨어져서 보내게 되었다.

그날 밤 나는 크리스마스 인사를 하려고 먼저 로체스터에 계신 아버지에게 전화를 걸었다. 아버지는 목소리에 기운이 없고 의기소침했다. 그다음 나는 아이오와에 계신 어머니와 통화를 했다. 어머니 역시 슬프고 침울한 분위기였다.

"이것이 네 아빠와 내가 처음으로 떨어져서 보내는 명절이란다. 네 아빠가 안 계시니 전혀 크리스마스 같지가 않구나."

어머니는 슬퍼하셨다.

나는 그때 이미 열네 명의 손님을 초대해, 곧 저녁 파티를 시작해야 하는 상황이었다. 나는 요리를 준비하러 부엌으로 갔지만 부모님에 대한 생각을 쉽사리 떨쳐버릴 수가 없어서 큰언니에게 전화를 걸었다. 큰언니는 다시 오빠들에게 전화를 걸었다. 우리는 전화로 회의를 했다. 크리스마스이브에 두 분이 떨어져 계시게 해선 안 된다고 결론을 내린 우리는 계획을 세웠다. 남동생 팀이 두 시간 떨어진 로체스터로 차를 몰고 가서 아버지를 모시고 집으로 가기로 했다. 물론 어머니한테는 비밀이었다. 나는 아버지에게 다시 전화를 걸어 우리의 계획을 말씀드렸다.

"아, 아니다."

아버지는 말씀하셨다.

"그렇게 할 것 없다. 이 밤중에 차를 몰고 여기까지 오는 건 위험한 일이야."

남동생이 로체스터에 도착해서 아버지의 호텔 방문을 두드렸다. 남동생은 나한테 전화를 걸어서 아버지가 집으로 가지 않겠다고 고집을 부리신다고 전했다.

"누나가 잘 말씀드려. 누나 말이라면 아빠가 들으실 거야."

나는 아버지에게 부드럽게 말씀드렸다.

"집으로 가세요, 아빠."

아버지는 그렇게 하셨다. 남동생과 아버지는 아이오와를 향해 출발했다. 우리는 남동생의 카폰을 통해 지금 어느 지점을 통과하고 있으며 날씨는 어떤지 계속해서 연락을 주고받았다. 그사이 우리 집에는 손님들이 도착하기 시작했고, 그들도 이 상황을 알게 되었다. 전화벨이 울릴 때마다 우리는 스피커폰을 눌러놓고 대화를 주고받았고, 손님들 모두가 실시간으로 상황을 들을 수 있었다.

9시가 조금 지나서 전화벨이 울렸고 아버지의 목소리가 들려왔다.

"애야, 내가 어떻게 네 엄마한테 줄 선물도 사지 않고서 빈손으로 집에 들어갈 수 있겠니? 크리스마스에 향수 선물을 하지 않는 것은 50년 만에 이번이 처음이다."

우리 집 저녁 파티에 모인 사람들은 모두 이미 이 계획의 열성적인 응원 부대가 되었다. 나는 여동생에게 전화를 걸어 아버지와 남동생이 어머니에게 줄 선물을 살 수 있도록 집 근처에 아직 문을 닫지 않은 쇼핑센터가 있는지 확인하도록 했다. 아버지가 해마다 크리스마스가 되면 어머니에게 선물하시는 똑같은 상표의 향수를 사기 위해서였다.

그날 저녁 9시 52분에 남동생과 아버지는 미네소타의 작은 쇼핑센터를 떠나 집으로 출발했다. 11시 50분에 두 사람은 아버지의 농장 안으로 들어섰다. 아버지는 장난꾸러기 소년처럼 킥킥거리셨으며, 집 앞에 이르러서는 어머니가 보실 수 없도록 문 뒤에 숨으셨다.

남동생이 먼저 자기가 들고 있던 가방을 어머니에게 건네주

238

면서 말했다.

"엄마, 오늘 아빠한테 들렀더니 저더러 이 세탁물을 갖다 주라고 해서 왔어요."

"오, 그러냐. 어서 들어와라."

어머니는 부드럽고 슬픈 어조로 말씀하셨다.

"안 그래도 네 아빠가 무척 보고 싶었는데, 지금 그이 옷 빨래나 해야겠다."

그러자 아버지가 문 뒤에서 걸어 나오시면서 말씀하셨다.

"오늘밤엔 빨래할 시간이 없을 텐데!"

친구이자 연인인 두 분의 감동적인 해후 장면을 남동생으로부터 전해들은 뒤에 나는 어머니에게 전화를 걸었다.

"메리 크리스마스, 엄마! 사랑해요!"

"오, 이 장난꾸러기들!"

어머니는 목이 메어 그 다음 말을 잇지 못하셨다. 우리 집 손님들은 일제히 환호성을 질렀다.

비록 나는 두 분이 계신 곳으로부터 3천 킬로미터나 떨어져 있었지만, 그 어느 해보다도 크리스마스를 두 분과 함께 보낸 기분이었다. 당연히 두 분은 지금까지 단 한 번도 크리스마스이브를 떨어져 보낸 적이 없다. 그것은 부모님을 존경하는 자식의 애정의 결과였다. 두 분의 헌신적이고 아름다운 결혼 생활의 결과

임은 물론이다.

미국의 면역학자 조니스 소크는 언젠가 내게 이렇게 말했다.

"좋은 부모는 자식들에게 뿌리와 날개를 준다. 뿌리는 가정이 어디에 있는지 알기 위함이고, 날개는 높은 곳으로 날아 올라가서 자신들이 배운 것을 경험하기 위함이다."

자식들에게 자신의 삶을 아름답게 엮어나가는 기술을 가르쳐 주고, 안전한 둥지를 만들어 언제나 그들이 돌아오면 환영하는 것이 부모의 책임이라면, 나는 내가 부모를 잘 선택했다고 믿는다. 지난 크리스마스 이후 나는 두 분이 나의 부모가 된 것은 정말 필요한 일이었다고 가슴 깊이 느끼게 되었다. 비록 날개는 나로 하여금 지구 여러 곳을 날아다니게 하지만, 이곳 캘리포니아의 또 다른 아름다운 둥지, 두 분이 내게 심어준 뿌리는 영원히 변치 않는 토대가 될 것이다.

베티 영스

세상에서 가장 부드러운 손길

그 아이는 내 딸이고, 열일곱 살이며, 사춘기를 겪고 있다. 최근에 한 차례 몸이 아프고 나더니, 그다음에는 가장 가까운 친구가 곧 다른 도시로 이사를 간다는 충격적인 소식을 듣게 되었다.

학교 성적도 자신이 기대한 만큼 좋지 않았다. 물론 아내와 내가 기대했던 만큼도 좋지 않았다. 아이는 슬픔을 이기지 못해 하루 종일 담요를 뒤집어쓴 채 침대에 웅크리고 누워 있곤 했다.

나는 딸아이에게로 가서 그 아이의 몸을 부드럽게 어루만져 주고 싶었다. 그래서 그 애의 어린 영혼에 뿌리내린 슬픔의 잡초들을 다 뽑아내고 싶었다. 그러나 나는 행동을 조심해야 한다는 걸 알고 있었다. 내가 진정으로 아이를 염려하고, 아이의 불행을 걷어주고 싶다 해도.

가족 치료요법사인 나는 성희롱으로 인생이 망가진 환자들을 지켜보면서, 아버지와 딸 사이의 부적절한 애정 표현이 때로는 위험한 것이 될 수도 있다는 사실을 잘 알고 있었다. 또한 염려와 친밀감의 표현이 쉽게 성적인 것으로 오해받을 수 있다는 사실도 잘 알고 있었다. 특히 애정 표현을 성적인 유혹으로 받아들이기 쉬운 사람들에겐 더욱 그랬다.

딸아이가 두세 살일 때나 일곱 살 때까지만 해도 그 애를 안고 어루만지는 것이 얼마나 쉬운 일이었던가. 그러나 이제 딸아이의 몸은 어엿한 여자의 몸으로 성장해가는 중이고, 내가 아이의 몸을 어루만진다면 이 사회는 남자인 나를 의심스런 눈초리로 쳐다볼 것이다.

어떻게 하면 아버지와 십대인 딸 사이에 필요한 경계선을 잘 지키면서 아이를 위로할 수 있을까?

그래서 나는 딸아이에게 척추 지압을 제안했다. 딸아이는 금방 내 제안을 받아들였다.

나는 아이를 엎드리게 하고서 부드럽게 척추와 뭉친 어깨 근육을 지압하기 시작했다. 그리고 나는 딸에게 최근 내가 집을 비우고 여행을 떠나야 했던 것을 사과했다. 내가 국제 척추 지압 경연대회에 참가해 4위의 성적을 올리고 방금 돌아온 길이라고 이야기했다.

나는 딸을 염려하는 마음을 지닌 아버지의 척추 지압 손길을 능가할 수 있는 사람은 세상에 많지 않을 것이라고 말했다. 특히 염려하는 아버지가 세계에서 인정받는 척추 지압사일 경우에는 더욱 그렇다고.

내 손과 손가락이 딸아이의 뭉친 근육과 긴장을 하나씩 풀어나가는 동안 나는 지압 경연대회의 내용과 경연에 참가한 다른 사람들에 대해 이야기해주었다.

지압 경연에서 3위에 입상한, 얼굴에 주름 가득한 아시아 노인이 있었다. 전 생애에 걸쳐 침술과 지압술을 연구해온 노인은 자신의 모든 기를 손가락에 집중시켜 지압을 하나의 예술 차원으로 승화시키는 능력을 지니고 있었다.

"노인은 마술사와도 같은 정확성으로 찔렀다가 누르고, 그런가 하면 또다시 찔렀다가 누르곤 했지."

나는 딸아이에게 노인에게 배운 것을 잠깐 시범으로 보여주었다. 아이는 감탄사를 연발했다. 내 지압술에 대한 감탄사인지 아니면 내 시적인 표현에 대한 감탄사인지는 알 수 없었다.

그다음에 나는 2위를 차지한 여성 지압사에 대해 설명했다. 그녀는 터키 출신으로 어려서부터 배꼽춤 기술을 배워 몸의 근육을 물결처럼 움직이게 할 수 있었다. 척추 지압을 하는 동안 그녀의 손가락은 모든 피로한 근육들과 지친 신체 부위들을 일깨워 춤추듯이 떨게 하고 전율하도록 만들었다. 그야말로 신기에 가까운 기술이었다.

역시 시범을 보이면서 내가 말했다.

"그녀의 손가락이 신체 위를 걸어다니면, 마치 근육들이 뒤를 쫓아다니며 춤추는 것과 같았지."

딸아이는 베개에 얼굴을 묻고서 웅얼거렸다.

"섬뜩한 기분이 들어요."

그것이 내 생생한 표현 때문일까, 아니면 내 지압술 때문일까?

나는 잠시 침묵을 지키며 딸아이의 등을 지압하는 일에 몰두했다. 잠시 후에 아이가 물었다.

"그래서 일등은 누가 했어요?"

내가 말했다.

"넌 말해도 믿지 않을 거다. 1위는 갓난아이가 했단다."

그런 다음 나는 갓난아이의 부드러운 손길이 어떻게 피부의 세계를 탐색하고, 느끼고, 어루만졌는지 설명해주었다. 그것은 이 세상의 어떤 손길과도 달랐다. 그것은 부드러움을 뛰어넘는 부드러움이었다. 예측할 수 없는, 한편으론 감미로우면서도 또 한편으론 탐색적이었다. 두 개의 작은 손이 세상의 어떤 말보다 더 많은 것을 표현하고 있었다. 소속감에 대해서, 신뢰에 대해서, 그리고 순진무구한 사랑에 대해서.

나는 그 갓난아이에게 배운 대로 부드럽고 감미롭게 딸아이를 지압하기 시작했다. 그애가 갓난아이였을 때를 나는 생생하게 떠올렸다. 그애를 껴안고, 요람에 넣고 흔들면서, 그 애가 자신의 세계를 향해 더듬거리며 성장해나가는 것을 내 눈으로 지켜보았다. 사실 내게 갓난아이의 손길을 처음 가르쳐준 이는 다름 아닌 딸아이였다.

다시 침묵 속에서 부드럽게 지압을 하고 나서 나는 딸아이에게 말했다. 세계 정상급 척추 지압사들로부터 많은 걸 배울 수 있어서 무척 기뻤노라고. 그래서 이제 난, 어른의 세계로 고통스럽게 나아가고 있는 열일곱 살 딸을 위해 전보다 더 훌륭하게 척추 지압을 해줄 수 있게 되었다고.

나는 그런 생명이 내 손에 주어진 데 대해, 그리고 손길의 기적을 행할 수 있도록 해준 데 대해 감사를 드렸다.

빅터 넬슨

넌 내 사랑하는 아들이지

아들을 학교까지 태워다주는 동안 많은 생각이 내 머릿속을 스치고 지나갔다.

아들아, 좋은 아침이구나. 보이스카우트 복장을 하고 있으니 오늘따라 네가 아주 날렵해 보이는구나. 네 아버지가 보이스카우트 단원이었을 때는 훨씬 뚱뚱했었지.

난 대학에 들어갈 때까지는 머리를 기를 엄두조차 내지 못했지. 하지만 난 너의 지금의 모습을 있는 그대로 받아들이고 싶다. 귀를 덮은 머리, 엄지발톱에 든 멍, 무릎의 상처……. 우린 그런 것들에 차츰 익숙해졌지.

이제 넌 여덟 살이 되었고, 어느새 나는 너에 대한 많은 것들을 모르고 지내게 되었다. 콜럼버스데이에 넌 아침 9시에 집을 나갔지. 그리고 점심시간에 딱 42초 동안 널 볼 수 있었고, 넌 5시나 돼서야 저녁을 먹으러 나타났지. 난 너와 더 많은 시간을 보내고 싶다. 하지만 너에게도 나름대로 심각한 일이 있겠지. 거리에 있는 컴퓨터 게임만큼 심각한 사업이.

넌 당연히 성장해야만 하고, 그것은 할인 쿠폰을 모으고 주식 시세를 파악했다가 적절한 시기에 파는 일보다 훨씬 더 중요한 일이지. 넌 네가 무엇을 할 수 있으며, 또 무엇을 할 수 없는지를 배워야만 한다. 그리고 어떻게 그 일들을 해낼 것인지도 배워야 하지. 넌 또 사람들에 대해서도 배워야 한다. 사람들이 스스로에 대해 기분이 좋지 않을 때 어떻게 행동하는지도. 그들은 자전거를 걷어차거나 어린애들을 못 살게 굴지. 넌 또 남에게 욕설을 들어도 아무렇지 않다는 표정을 짓는 법도 배워야겠지. 누가 욕을 하면 언제나 기분이 나쁘지. 하지만 넌 당당히 고개를 쳐들고 다녀야 한다. 안 그러면 다음번에 그들이 더 심한 욕을 퍼부을 테니까. 난 다만 네가 그때의 기분이 어땠는지 기억하길 바란다. 너보다 나이가 어린 애를 괴롭히고 싶다는 생각이 들 때를 대비해서 말이다.

내가 널 자랑스럽게 여긴다는 말을 마지막으로 한 게 언제였

지? 기억이 잘 나지 않는구나. 난 할 일이 많으니까 말이야. 내가
너한테 마지막으로 소리를 지른 게 어제였는지는 기억난다. 내
가 꾸물거리기 때문에 우리 모두가 늦는다고 소릴 질렀었지. 닉
슨 대통령이 말한 대로 난 네게 소릴 지르는 만큼 널 다정하게
격려해주지 못했다. 네가 이 글을 읽을 경우를 대비해 확실히 밝
혀두지만, 난 진심으로 널 자랑스럽게 생각한다. 특히 난 너의
독립심이 좋다. 나 자신이 약간 겁이 날 때조차도 넌 자신을 잘
돌보고 있어. 넌 어떤 경우에도 심하게 떼를 쓰거나 징징거리지
않았다. 그래서 너는 나에게 최고의 아이이지.

왜 세상의 아버지들은 여덟 살 아들도 네 살 아들과 똑같이 많
이 껴안아줄 필요가 있다는 사실을 깨닫지 못하는 걸까. 나조차
도 널 껴안고 너한테 사랑한다는 말을 하는 대신 걸핏하면 "무
슨 소릴 하는 거니?" 하면서 쥐어박기 일쑤지. 애정을 감추고 살
기에 인생은 너무 짧다. 왜 여덟 살짜리 아들은 서른여섯 살 먹
은 아버지도 네 살짜리 아이처럼 똑같이 많이 껴안아줄 필요가
있다는 사실을 깨닫지 못하는 걸까?

널 태워다주는 학교까지의 거리가 너무 짧아 아쉽구나. 난 어
젯밤에 너와 대화를 나누고 싶었다. 네 동생이 먼저 잠든 다음에
도 넌 자지 않고 나와 함께 뉴욕 양키스 팀의 야구 경기를 봤지.
그런 시간들은 너무도 소중하다. 그건 계획한다고 해서 되는 게

아니지. 우리가 무언가를 함께 계획하려고 할 때마다 그것들은 마음먹은 만큼 따뜻하거나 보람 있기가 어렵지. 너무도 짧은 시간 만에 넌 이미 어른이 되어버린 듯했고, 우린 별말 없이 앉아서 텔레비전을 보았다. "학교에선 잘 지내니?" 하고 난 묻지도 않았어. 난 이미 내가 할 수 있는 유일한 방법으로 너의 수학 숙제를 점검해주었지. 계산기를 갖고서 말이야. 넌 나보다 숫자에 밝아. 난 아무리 해도 그렇게 될 수가 없지. 그러다가 우린 경기에 대해 이야기했고, 넌 선수들에 대해 나보다 더 많은 걸 알고 있었어. 난 너한테서 많은 걸 배웠다. 양키스 팀이 승리했을 때 우린 둘 다 좋아서 환성을 질렀지.

저기 교통안전 지도원이 보이는구나. 저분은 아마도 우리보다 더 오래 살 거야. 오늘 네가 학교를 쉬는 날이라면 좋으련만. 너한테 하고 싶은 말이 너무도 많구나.

넌 재빨리 차에서 내리지. 난 한순간이라도 더 너와 함께 있고 싶지만, 넌 이미 친구들에게로 달려가고 있다.

난 다만 너한테 말하고 싶었다.

"넌 내 사랑하는 아들이지."

빅터 밀러

249

당신이 무엇을 하는지보다
어떤 사람인지가 더 중요하다

당신이 너무도 큰 소리로 말하기 때문에 난 당신이 뭐라고 말하는지 알아들을 수 없다.

랠프 월도 에머슨

미국 오클라호마 시의 어느 화창한 토요일 오후였다. 나의 친구이자 자부심 강한 아버지인 바비 루이스는 두 어린 아들을 데리고 미니 골프장에 놀러 갔다. 그는 매표소 직원에게 물었다.

"얼마입니까?"

젊은 매표원이 말했다.

"어른은 3달러이고, 여덟 살 이상의 아이도 3달러입니다. 여덟 살 이하의 어린이는 무료 입장이고요. 아이들이 몇 살인가요?"

바비가 대답했다.

"변호사인 아이는 다섯 살이고, 의사인 아이는 아홉 살이오. 그러니 6달러만 내면 되겠군요."

그러자 매표원이 말했다.

"선생님, 혹시 복권에라도 당첨되셨나요? 큰애의 나이가 여덟 살이라고 말하면 3달러를 버는 셈이 되는데, 왜 아홉 살이라고 말하죠? 여덟 살이든 아홉 살이든 무슨 차이가 있겠습니까?"

바비가 말했다.

"당신 말도 일리가 있지만 아이들에겐 그것이 큰 차이랍니다."

에머슨은 "당신이 너무도 큰 소리로 말하기 때문에 난 당신이 뭐라고 말하는지 알아들을 수 없다"라고 말했다. 지금 같은 복잡하고 어려운 시대에는 어느 때보다 정직함이 필요하다. 당신이 함께 살아가는 사람들 모두에게 좋은 본보기가 되기 때문이다.

퍼트리샤 프립

엄마의 하루

네가 먹은 음식 접시는 싱크대에 갖다 놓아라. 제발 부탁이다.

아래층으로 내려갈 때 그걸 좀 갖고 내려가렴.

그걸 거기다 두면 어떡하니, 위층으로 가져가야지.

그게 네 거니? 네 거야?

너, 동생 때리지 마.

내 말 안 들리니?

가만히 좀 있어라. 지금 엄마가 딴 사람과 이야기하는 거 안 보이니?

엄마 방해하지 말라고 내가 분명히 말했지!

이 닦았니?

너 여태껏 잠 안 자고 뭐하니?

어서 잠자리에 가서 누워.

아침부터 텔레비전 보는 거 아니다.

그런 말이 어디 있니? 할 일이 그렇게도 없다는 거야?

밖에 좀 나가 놀아라.

책 좀 읽어라, 책 좀!

텔레비전 소리 좀 줄여라, 제발.

전화 그만 끊어라.

네 친구한테 네가 다음에 다시 건다고 그래. 어서!

여보세요. 그 앤 지금 집에 없는데.

그 애가 돌아오면 전화 걸라고 할게.

점퍼 입어야지. 넌 왜 스웨터를 안 입으려고 그렇게도 고집을
부리니?

아무거나 좀 입어라.

누가 여기다 신발을 벗어놓았니?

그 장난감 좀 거실에서 치워라. 그 장난감 좀 욕조 안에다 집
어넣지 마라. 그 장난감 좀 계단에다 어질러놓지 마라.

그러다가 딴 사람이 다치기라도 하면 어떡할래?

열을 셀 때까지 안 나오면 너 떼어놓고 우리끼리 간다. 정말이
야. 하나, 둘……

너 화장실 갔었니?

화장실 안 가면 넌 이 자리서 못 떠날 줄 알아.

내 말 우습게 듣지 마.

왜 출발하기 전에 화장실 안 들렀니?

참을 수 있겠어?

너희들 뒤에서 무슨 짓 하고 있니?

그만 해.

그만 좀 하라니까!

더 이상 그 소리 듣고 싶지 않다. 넌 지겹지도 않니?

입 다물어. 안 그러면 당장 집으로 돌아갈 테다.

거짓말 아냐. 자, 집에 간다.

엄마한테 뽀뽀 좀 안 해 줄래?

엄마 한 번 껴안아주라.

네 이불은 네가 개야지.

네 방 청소 좀 해라.

식탁 좀 차려라.

네가 식탁 좀 차리면 어디가 덧나니?

네 차례면 어떻고 아니면 어떠니?

식탁에서 일어났으면 의자 좀 안으로 집어넣어라.

똑바로 앉아서 먹어라.

조금만 먹어봐. 다 먹으라는 것도 아니잖니.

그만 놀고 밥 먹어라.

자기가 하는 행동을 잘 살펴야지.

유리컵 좀 안쪽으로 놔라. 너무 식탁 가장자리에다 놓았잖니.

조심! 그것 봐라, 조심하라고 했잖니!

뭘 더 달라는 거니?

조금만 더 먹어라. 제발 부탁이다. 그래야 건강해지지.

이 두부 한입만 먹어봐.

네가 원하는 대로 모든 걸 다 가질 순 없는 거야. 그게 인생이라는 거다.

나하고 입씨름하려고 하지 마라. 난 더 이상 그걸로 너하고 토론하고 싶지 않다.

어서 네 방으로 돌아가.

넌 이 엄마가 아예 집을 나가 버렸으면 좋겠니?

아냐, 아직 10분 안 됐어.

1분만 더 기다려.

내가 너한테 얼마나 많이 주의를 줬니, 그렇게 하지 말라고.

얘가 도대체 누굴 닮아서 이렇지?

옆집 애들 좀 봐라. 얼마나 말 잘 듣고 착하니.

이 과자 누가 다 먹어치웠니?

새로 사온 과자를 먹기 전에 옛날에 사온 것부터 먹어치워야지. 너도 한번 생각해봐라.

버섯을 먹으라는 게 아냐. 봐라, 버섯은 다 덜어냈잖니.

숙제 다 했니?

그만 좀 징징거려라, 귀가 따가워 죽겠다.

소리 좀 지르지 마라. 할 말이 있으면 이리 나와서 해야지.

소리 지르지 말라니까! 할 말이 있으면 이리 나와서 해!

나중에 생각해볼게.

지금은 말고.

네 아버지한테 부탁해보렴.

기다려봐야지.

그렇게 바싹 다가가서 텔레비전을 보면 어떡하니. 그러다 눈 나빠진다.

너 똑바로 앉아서 보지 않으면 텔레비전 꺼버린다.

흥분하지 좀 마라.

흥분하지 말고 처음부터 차근차근 말해봐.

그 말 정말이니?

안전벨트 매야지.

모두들 안전벨트 맸지?

나도 내 인생이 지겹다. 내가 왜 이렇게 사는지 모르겠다.

미안해, 하지만 이건 규칙이야. 미안해, 하지만 이건 규칙이야. 미안해, 하지만 이건 규칙이야.

델리아 에프론

세상에서 가장 완벽한 가정

완벽한 토요일 아침 10시 30분. 그 순간만은 우리 집은 완벽한 가정이었다.

아내는 일곱 살짜리 둘째 아이를 데리고 피아노 선생을 만나러 갔다. 열다섯 살 먹은 큰아들 녀석은 아직까지 늦잠을 자는 중이었다. 다섯 살짜리 막내아들은 다른 방에서 만화를 보고 있었다. 화면에서는 인간처럼 묘사된 작은 동물들이 서로를 절벽 아래로 집어던지고 있었다. 나는 부엌 식탁에서 신문을 읽고 있었다.

마침내 만화의 대량학살 장면에 싫증도 나고 텔레비전 리모컨 작동도 시들해진 다섯 살짜리 에런 말라치가 내 공간 속으로 뛰어 들어왔다.

"나 배고파."

내가 물었다.

"시리얼 더 먹을래?"

아이는 고개를 저었다.

"아니."

내가 다시 물었다.

"요구르트 줄까?"

"아니."

"달걀 프라이 해줘?"

"아니."

아이는 잠시 머뭇거리더니 물었다.

"아이스크림 먹으면 안 돼?"

난 단호하게 말했다.

"그건 안 돼."

나는 아이스크림이 가공처리한 시리얼이나 항생제가 들어 있는 달걀보다 훨씬 영양가가 많다는 사실을 알고 있었지만, 내 문화적인 가치 기준에 따르면 토요일 아침 10시 45분에 아이스크림을 먹는 건 잘못된 일이었다.

잠시 침묵. 4초가 지난 뒤 아이가 물었다.

"아빠, 우린 앞으로 살아갈 날이 많이 남았지? 그렇지?"

내가 말했다.

"그럼, 아직 많이 남았지."

"나도, 아빠도, 엄마도?"

"그래."

"아이작 형도?"

"응."

"또 벤 형도?"

"응. 너하고, 아빠하고, 엄마하고, 아이작하고, 벤하고."

"맞아, 아직 한참이나 남았어, 사람들이 다 죽으려면."

에런은 식탁 위의 신문 한가운데에 부처님처럼 가부좌를 틀고 앉았다.

내가 물었다.

"그게 무슨 뜻이니, 에런? 사람들이 다 죽다니?"

에런이 말했다.

"모두가 언젠가는 다 죽는다고 아빠가 그랬잖아. 모두 다 죽으면 공룡이 돌아올 거야. 원시인들이 공룡 동굴 속에서 살았는데, 그때 공룡들이 와서 원시인들을 다 밟아버렸어."

다섯 살 에런은 이미 삶이 시작과 끝이 있는 유한한 것이라는 사실을 이해하고 있었다. 자기 자신을 포함해 우리 모두가 궤도의 종착역을 향해 이동하고 있다고 상상하고 있었다. 그리고 그 궤도가 언제 끝나버릴지는 아무도 알 수가 없다.

순간 나는 윤리적인 문제에 직면했다. 이럴 때 어떻게 대응해야 하는가? 아이에게 신과 구원과 영원에 대해 설명해줘야 할까? 아이에게 다음과 같이 일장연설을 해주는 것이 부모의 도리가 아닐까?

"너의 육체는 하나의 껍질에 불과하고, 네가 죽은 다음에도 우리 모두는 영적으로 영원히 함께 있을 거야."

아니면 아이를 불확실하고 걱정스런 상태 속에 그냥 내버려둬야 할까? 그것이 어디까지나 사실이니까 말이다. 아이를 불안에 찬 실존주의자로 만들 것인가, 아니면 더 기분이 좋게 해줄 것인가?

난 어떻게 해야 할지 알 수 없었다. 궁지에 몰린 게 확실했다. 나는 말없이 신문을 응시했다. 미국 프로농구 소식이 눈에 들어왔다. 셀틱스는 금요일 밤 경기마다 연패를 당하고 있었다. 래리 버드가 누군가에게 화를 내고 있는데, 누구한테 화를 내는지 에런의 발이 가리고 있어서 보이지 않았다.

난 어떻게 해야 할지 알 수 없었지만, 예민한 성격 탓인지 지금이 매우 중요한 순간이고 에런의 인생관에 지대한 영향을 줄수도 있음을 깨달았다. 아니면 정말로 나의 지나친 예민함 때문에 그런 생각이 드는지도 몰랐다. 만일 삶과 죽음이 하나의 환상에 불과하다면, 다른 사람이 그것을 어떤 식으로 이해하든 내가 신경 쓸 필요가 있겠는가?

식탁 위에서 에런은 두 팔을 들고 떨리는 다리로 균형을 잡으면서 '군인 흉내'를 내고 있었다. 래리 버드가 화를 내고 있는 상대는 케빈 매케일이었다. 아니, 케빈 매케일이 아니라 제리 시칭이었다. 하지만 제리 시칭은 이제 셀틱스 팀 소속이 아니다. 제리 시칭에겐 무슨 일이 일어났을까?

모든 것이 죽게 마련이다. 모든 것이 언젠가는 끝난다. 제리 시칭은 새크라멘토 팀이나 올랜도 팀에서 활약하고 있거나 아니면 영원히 사라졌는지도 모른다.

에런이 어떻게 삶과 죽음을 이해하는지를 신경 쓰지 않을 수 없었다. 나는 그 애가 확고한 세계관, 특히 사물이 영원하다고 느끼기를 원했다. 그러고 보니 수녀님과 신부님은 나를 이해시키는 데 성공한 셈이다. 내가 믿는 인생은 축복 아니면 고통이다. 천국과 지옥 사이에는 장거리 전화조차 연결되어 있지 않다. 우리는 신의 팀에 소속되든지 아니면 펄펄 끓는 국물 속에 들어가야 한다.

난 에런이 뜨거운 가마솥 안에서 화상을 입는 걸 원치 않으며, 그 애가 강한 믿음을 갖기를 원했다. 신경과민이나 불가피한 불안감 같은 건 그다음에 생각할 문제이다.

그것이 가능할까? 신, 영혼, 운명, 또는 그 무엇인가가 한 개인의 현존에 상관없이 초월적으로 존재하는 일이 가능할까? 존재론적으로 말하자면, 빵을 그대로 간직하면서 동시에 먹는 일이 가능할까? 아니면 그 예민한 빵은 한 입 베어 무는 우리의 행위에 의해 금방 조각나게 될까?

식탁이 더 심하게 흔들리는 것으로 봐서 에런이 군인 흉내에도 싫증이 났음을 알 수 있었다. 그 순간을 이용해 나는 연극 무대에 선 사람처럼 목청을 가다듬고 전문가다운 목소리로 말을 시작했다.

"에런, 죽음이란 몇몇 사람들이 믿고 있는 것에 불과한 것으로……."

그때 에런이 말했다.

"아빠, 나랑 비디오게임 하면 안 돼? 절대 폭력적인 게임은 아니야."

에런은 손짓까지 동원해서 설명을 했다.

"마구 죽이는 다른 게임들하곤 달라. 그냥 때려서 쓰러뜨리기만 한다니까."

난 약간 안도의 숨을 내쉬며 말했다.

"그래, 알았어. 좋다. 우리 비디오게임 하자. 하지만 그 전에 먼저 할 일이 있어요."

"뭔데?"

에런은 벌써 저만치 비디오가 있는 곳으로 달려가다 말고 돌아서서 물었다.

내가 말했다.

"아이스크림 먹어야지."

그렇게 해서 우리는 또다시 완벽한 토요일 아침의, 완벽한 가정으로 돌아왔다. 지금 이 순간만은.

마이클 머피

세 단어

만일 당신이 곧 죽게 되어, 마지막으로 전화 한 통화를 할 수 있다면, 당신은 누구에게 전화를 걸어서 무슨 말을 하겠는가? 그렇다면 왜 당신은 망설이고 있는가?

스티븐 러바인

어느 날 밤, 그동안 읽어온 '좋은 부모가 되는 길'에 관한 책의 마지막 장을 넘기고 나서 나는 약간 죄책감이 들었다. 책에서 설명하는 '부모가 마땅히 해야 할 일 몇 가지'를 나 자신이 그동안 제대로 해오지 못했다는 생각이 들었다. 특히 부모는 자식에게 "난 널 사랑한다 I love you"는, 마술과 같은 세 단어를 자주 사용할 줄 알아야 한다는 것이었다. 자식은 부모가 무조건적이고 분명하게 자신을 진정으로 사랑하고 있다는 사실을 알 필요가 있다고 책은 거듭해서 강조했다.

나는 책을 덮고, 아들이 있는 이층으로 올라가서 문을 두드렸다. 그러나 들리는 거라곤 아들이 치는 드럼 소리뿐이었다. 아들은 방 안에 있는 게 분명했지만 노크를 해도 아무 대답이 없었다. 나는 문을 열고 안으로 들어갔다. 예상한 대로 아들은 이어폰을 귀에 꽂고 음악을 들으며 드럼을 치고 있었다. 나는 아이의 주의를 끌기 위해 슬쩍 몸을 기울이면서 말했다.

"팀, 잠깐 시간 좀 내주겠니?"

그러자 아들이 말했다.

"물론이죠, 아빠. 언제든지요."

우리는 마주 앉아서 약간 어색한 분위기로 이런저런 이야기를 나누었다.

그러다가 나는 아이를 바라보며 말했다.

"팀, 난 네가 드럼 치는 게 정말 좋다."

아들은 말했다.

"아, 그래요? 고마워요, 아빠."

나는 문 쪽으로 걸어나가면서 말했다.

"그럼 잘 자거라."

아래층으로 내려가다 말고, 나는 내가 무엇인가 말하려고 아들 방에 올라갔는데 그것을 제대로 전하지 못했다는 느낌이 들었다. 다시 올라가서 기회를 보고 그 마술 같은 세 단어를 말해야만 한다고 생각했다.

그래서 나는 다시 계단으로 올라가 방 문을 두드린 다음 안으로 들어갔다.

"잠깐 시간 좀 낼 수 있니, 팀?"

아들이 말했다.

"그럼요, 아빠. 언제든지요. 무슨 일이신데요?"

내가 말했다.

"애야, 내가 처음에 이 방에 올라왔을 때 난 너에게 할 말이 있어서 왔는데 그만 딴 이야기만 하고 말았다. 아까 그 말은 내가 하고 싶었던 말이 아니었어. 팀, 기억하니? 네가 처음으로 운전을 배우기 시작했을 때 넌 나하고 많은 갈등을 일으켰었지. 그때 난 네 베개 밑에다 세 단어를 적은 쪽지를 넣어놓았다. 그것이 우리의 갈등을 해결해주길 희망하면서 말이다. 난 부모로서 할 일을 했던 것이고, 또한 아들에 대한 내 사랑을 표현하고 싶었던 거야."

이야기를 나눈 뒤, 나는 마침내 팀을 바라보며 말했다.

"우리가 널 사랑한다는 걸 잊지 말아다오. 난 네가 그걸 알아주길 바란다."

아들이 나를 쳐다보며 말했다.

"아, 그래요? 고마워요, 아빠. 아빠와 엄마가 그렇다는 말씀이시죠?"

나는 말했다.

"그래, 우리 둘 다. 다만 우리가 그걸 제대로 표현하지 않고 있을 뿐이지."

아들이 말했다.

"고마워요. 말씀 안 하셔도 두 분이 절 사랑하신다는 걸 알고 있어요."

나는 다시 문을 닫고 아들 방을 나왔다. 아래층으로 내려가면서 나는 생각했다.

'정말 믿을 수 없군. 두 번씩이나 올라갔는데 아직도 내가 하고 싶은 말을 하지 못했어. 내 입에선 계속 엉뚱한 말만 나온단 말이야.'

나는 다시 올라가서 팀이 내 마음을 정확히 알도록 해야겠다고 결심했다. 아들에게 의사를 분명히 전달할 필요가 있었다. 아들의 키가 180센티미터라고 해도 상관없는 일이었다. 나는 다시 올라가 노크를 했다. 그러자 아들이 안에서 소리쳤다.

"잠깐만요. 말씀 안 하셔도 누군지 알아요. 아빠가 아니면 누구겠어요."

나는 문을 열면서 물었다.

"어떻게 나라는 걸 알았지?"

아들이 대답했다.

"아빠의 아들이 된 다음부터 줄곧 아빠를 알아왔잖아요."

내가 다시 말했다.

"그럼 잠깐 시간 좀 낼 수 있겠니?"

"그럼요. 아빠를 위해서라면 언제든지 시간을 내드릴 수 있다
는 걸 아빠도 아시잖아요. 어서 들어오세요. 제 생각에, 아빠는
저한테 하고 싶은 말을 아직도 못 하신 거죠?"

내가 물었다.

"어떻게 그걸 알았지?"

"기저귀 찬 뒤부터 줄곧 아빠를 알아왔잖아요."

난 말했다.

"팀, 내가 계속해서 마음에 묻어둔 것이 있다. 난 네가 우리 가
족에게 얼마나 특별한 존재인지 너한테 말해주고 싶구나. 네가
앞으로 무엇을 하고 지금까지 무엇을 해왔든, 또한 네 또래의 아
이들과 어울려 무슨 일을 하든, 그런 건 중요하지 않아. 넌 그냥
우리에게 한 사람의 인간이고 사랑스런 아들일 뿐이야. 사랑한
다, 아들아. 그리고 내가 널 사랑한다는 걸 알아주었으면 좋겠다.

이토록 중요한 사실을 왜 자꾸 마음에만 묻어두는지 나도 모르겠구나."

아들은 나를 쳐다보며 말했다.

"아빠, 저도 아빠가 절 사랑하신다는 걸 알아요. 그런데 아빠가 직접 그렇게 말씀해주시니 정말 기뻐요. 아빠가 그렇게 말씀해주시는 의도도 감사하고요. 그런 생각도 정말 고마워요."

내가 문 쪽으로 걸어가는데 아들이 나를 불렀다.

"잠깐만요, 아빠. 잠시 시간 좀 있으세요?"

나는 멈칫거렸다. 이크, 쟤가 나한테 무슨 말을 하려는 거지?

난 얼른 말했다.

"물론이지. 난 언제든지 시간을 낼 수 있잖니."

아이들은 어디서 이런 재치를 배운 걸까? 분명 부모들한테서 배운 건 아닐 테고.

아들은 내게 말했다.

"아빠한테 한 가지 여쭤보고 싶은 게 있어요."

"뭔데 그러니?"

아들은 나를 쳐다보며 물었다.

"아빠, 최근에 좋은 아빠가 되기 위한 세미나나 그런 비슷한 종류의 모임에 참석하신 적 있으세요?"

나는 당황했다. 이크, 역시 열여덟 살답게 나보다 한 수 위군!

난 말했다.

"아니야. 난 다만 어떤 책을 읽었다. 책에는 부모가 자식에게 자신들의 느낌을 솔직하게 말해주는 것이 무척 중요하다고 적혀 있었다."

아들이 말했다.

"그랬군요. 시간 내줘서 고마워요. 그럼 다음에 또 이야기해요, 아빠. 편안히 주무세요."

나는 그날 밤 팀에게 다음과 같은 사실을 배웠다. 사랑의 진정한 의미와 목적을 이해하는 유일한 길은 그것에 대한 대가를 치르는 일이라고. 다시 말해, 상대방을 찾아가서 사랑을 전하는 모험을 하지 않으면 안 된다는 것이다.

진 베틀리

아이들에 대하여

당신의 아이는 당신의 아이가 아니다.

아이들은 스스로를 그리워하는 큰 생명의 아들딸이다.

그들은 당신을 거쳐서 왔을 뿐 당신에게서 나온 것이 아니다.

또 그들이 당신과 함께 있더라도 당신 소유는 아니다.

아이들에게 사랑은 주되, 생각까지 주려 하지 마라.

아이들은 나름의 생각이 있으므로.

아이들에게 육신의 집은 지어줄 수 있으나 영혼의 집까지 지어주려고 하지 마라.

아이들의 영혼은 내일의 집에 살고 있다. 당신은 꿈속에서조차 찾아갈 수 없는 내일의 집에.

당신이 아이들처럼 되려고 노력하는 것은 좋으나 아이들을 당신처럼 만들려고 노력하진 마라.

생명은 뒤로 물러가지 않으며, 결코 어제에 머무르는 법이 없으므로.

당신은 활이고, 그 활에서 아이들은 살아 있는 화살처럼 앞으로 날아간다.

활 쏘는 이는 영원의 길에 놓인 과녁을 겨누고

그 화살이 빠르고 멀리 나가도록 온 힘을 다해 당신을 구부려 당기는 것이다.

당신은 활 쏘는 이의 손에 구부러짐을 기뻐하라.

그분은 날아가는 화살을 사랑하듯이, 흔들리지 않는 활 또한 사랑하기에.

칼릴 지브란

살고 사랑하고 배운 이야기

물질은 원자로 이루어져 있고,

인간은 이야기로 이루어져 있습니다.

한 사람을 만난다는 것은 그 사람이 살아온 이야기,

기쁘고 슬픈 일 모두와 만나는 일입니다.

우리의 삶이 이야기를 만들고,

그 이야기가 다시 우리의 삶을 만들어나갑니다.

이 세상을 떠날 때 우리가 남기고 가는 것은

우리의 이야기입니다.

살고 사랑하고 배운 이야기가 그것입니다.

모든 위대한 삶은

위대한 이야기로부터 시작됩니다.

그래서 이야기는 감동을 줄 뿐 아니라

훌륭한 가르침의 도구입니다.

인생에서 음식과 집과 친구, 그다음에

우리에게 필요한 것이 이야기입니다.

인간과 인간을 가장 가깝게 연결하는 것이

이야기입니다.

이야기는 우리를 더 살아 있고, 더 인간적이고,

더 용기 있고, 더 사랑하게 만듭니다.

이 책은 지금으로부터 스무 해 전에 만들었던 책을

편집과 장정을 다시 꾸며 새로 내는 것입니다.

표지를 새롭게 디자인했고,

본문에 삽화도 넣었습니다.

활자 크기와 행의 간격도 달리했으며

편집도 새로운 사람이 맡았습니다.

하지만 역자와 발행인은 달라지지 않았습니다.

책을 소중하게 만들고자 하는 마음도

변하지 않았다고 우리는 생각합니다.

또한 시간이 흐르고 시대가 달라져도

이 책이 지닌 가치는 변하지 않았습니다.

문학적으로 각색할 필요가 없는 감동적인 실화들은

그 자체로 읽는 이의 삶을 변화시키기 때문입니다.

다시 만든 이 책이 당신의 삶에

더 많은 배움과 성장과 의미를 주는

그런 책이 되기를 우리는 바랍니다.

20년 전, 미국 여행 중에 처음 이 책을 읽고

큰 감동을 받은 저는 생각했습니다.

'나 한 사람이 감동을 받은 책이라면 적어도 천 명의 독자는

비슷한 감동을 받을 것이다.'

그 천 명의 독자를 위해 이 책의 시리즈들을 한 권씩 번역해

나갔습니다.

첫 번째 책이 바로《영혼을 위한 닭고기 수프》이고,

두 번째 책이《마음을 열어주는 101가지 이야기》입니다.

천 명의 감동이 만 명으로 전파되고,

이제는 한국에서도 어느덧 백만 명이 넘는 독자가

이 시리즈의 책들을 읽기에 이르렀습니다.

하지만 전 아직도 그 천 명의 독자를 소중히 여깁니다.

배움, 경험, 성장, 그리고 가슴 뛰는 삶을 우리는 추구하고 있

습니다.

행복이란 무엇인가, 우리는 무엇을 위해 살아야 하며

또 무엇을 위해 살지 말아야 하는가를

이 책은 부드럽게, 하지만 강력한 메시지를 갖고 우리 귀에 속
삭입니다.

우리 모두는 유한한 존재이고

언젠가는 작별의 말조차 제대로 하지 못하고 떠나야 합니다.

그런 우리에게 이 책은 말합니다.

사랑을 표현하고, 삶을 경험하고,

상상 속의 고통보다는 현실 속의 고통을 더 많이 체험하라고.

또 하루에 최소한 한 번씩은 껴안으라고.

이 책을 두 팔에 껴안고 다니듯이

당신 자신을, 그리고 세상을 두 팔로 껴안기를 바라며

새로 쓰는 옮긴이의 말을 마칩니다.

류시화

영혼을 위한 닭고기 수프 1

첫판 1쇄 펴낸날 1997년 9월 10일
2판 10쇄 펴낸날 2023년 6월 27일

엮은이 잭 캔필드 · 마크 빅터 한센   옮긴이 류시화
발행인 김혜경
편집인 김수진
책임편집 조한나
편집기획 김교석 유승연 김유진 곽세라 전하연
디자인 한승연 성윤정
경영지원국 안정숙
마케팅 문창운 백윤진 박희원
회계 임옥희 양여진 김주연

펴낸곳 (주)도서출판 푸른숲
출판등록 2003년 12월 17일 제2003-000032호
주소 서울특별시 마포구 토정로 35-1 2층 우편번호 04083
전화 02)6392-7871, 2(마케팅부), 02)6392-7873(편집부)
팩스 02)6392-7875
홈페이지 www.prunsoop.co.kr
페이스북 www.facebook.com/prunsoop   **인스타그램** @prunsoop

ⓒ푸른숲, 2016
ISBN 979-11-5675-668-2 (04840)
ISBN 979-11-5675-666-8 (세트)